Alessandro Boffa
Viskovitz, du bist ein Tier

SERIE PIPER

Zu diesem Buch

»Mama, wie war Papa?« – »Salzig und knusprig, mein Schatz.« Daß man als Sohn einer Gottesanbeterin für den Ödipus-Komplex vorprogrammiert ist, das ist nur eine der Erkenntnisse, die man aus diesen zwanzig Geschichten gewinnt. Viskovitz, der in jeder Episode ein anderes Wesen ist, hat es wirklich nicht leicht. Man ahnt ja gar nicht, wie schwierig es für manche Tierarten ist, eine befriedigende Zweierbeziehung einzugehen. Da sind die Schnecken, die als Zwitter nicht zu lange in ihrem Gehäuse bleiben dürfen, wenn sie nicht ins Gerede kommen wollen. Die Chamäleons mit der Identitätskrise. Die Stichlinge, die sich in flotte, aber geheimnisvoll schweigende Attrappen verlieben. Oder die Siebenschläfer, die ihrer Geliebten nur im Traum begegnen können – sie sind einfach zu selten wach. Alessandro Boffa hat auf köstliche Weise menschliche Gefühle auf tierische Situationen übertragen. Entstanden ist ein kleines humoristisches Meisterwerk, das in Italien zum Kultbuch geworden ist.

*Alessandro Boffa* wurde 1954 als Sohn eines italienischen Journalisten in Moskau geboren. Nach seinem Biologiestudium verbrachte er zehn Jahre im Fernen Osten. Heute lebt er teils in Rom, teils in Kalifornien.

# Alessandro Boffa
# Viskovitz, du bist ein Tier

## Fabelhafte Liebesgeschichten

Aus dem Italienischen von
Ulrich Hartmann

Mit 21 Illustrationen von
Nanabozo

Piper München Zürich

Ungekürzte Taschenbuchausgabe
März 2001

Titel der italienischen Originalausgabe:
»Sei una bestia, Viskovitz«

Umschlag: Büro Hamburg
Stefanie Oberbeck, Katrin Hoffmann
Umschlagabbildung: Nanabozo, Zürich
Foto Umschlagrückseite: Sybil Mostert
Satz: Uhl + Massopust, Aalen
Druck und Bindung: Clausen & Bosse, Leck
Printed in Germany ISBN 3-492-23188-8

*Für Sybil*

Wir waren allein auf dieser treibenden Eisscholle in der Polarnacht. Viskovitz wandte sich um und sagte zu mir:

»Ich möchte unsere Unterhaltung schwarz auf weiß haben, kannst du das besorgen?«

»Das geht nicht«, antwortete ich. »Ich bin weder Drukker noch Schriftsteller. Ich bin ein Pinguin. Und für mich bedeutet ›schwarz auf weiß haben‹ höchstens, andere Pinguine zu machen.«

Und einen Monat später sitze ich doch tatsächlich hier, regungslos mit einem Ei unter meinem Bauch, und erinnere mich.

Angefangen hatte ich das Gespräch …

# Was macht das Leben, Viskovitz?

Es gibt nichts Langweiligeres als das Leben, nichts Deprimierenderes als das Sonnenlicht, nichts Schlimmeres als die Wirklichkeit. Für mich war jedes Erwachen ein Tod, Leben war Sterben.

»Aufwachen, Visko, es ist Mai!« fiepte Jana. »Sonst holen sich noch die anderen die besten Eicheln.«

Ich streckte mich mit unendlicher Anstrengung und machte widerwillig ein Auge auf. Trotz allem mußte man nun einmal leben.

»Einen Moment«, röchelte ich, »nur eben auftauen.«

Es war das Ende eines achtmonatigen Winterschlafs. Ich wurde im grauen Jenseits wach, der Siebenschläferwelt auf der anderen Seite.

Im Dunkel der Baumhöhle nahm ich undeutlich mausförmige Schatten wahr, die schwankend zwischen den übereinanderliegenden Körpern der Schlafenden hindurch dem Ausgang der muffigen Gruft zustrebten, Seelen Dahingegangener, die wie ich ins Wachsein wanderten.

Ich rollte mich auf eine Seite, und in meinem leichenhaften Körper knirschten alle Knochen. Nach und nach erkannte ich die vertrauten Gestalten der anderen meines Stamms, Enkel und Urenkel, Großeltern und Urgroßeltern, Kinder, Eltern und Schwiegereltern. Ein paar von ihnen schlummerten noch. Versteckt unter ihrem langen, buschigen Schwanz, gaben sie sich grunzend jener alles verschlingenden Lust hin.

Während der Stoffwechsel langsam in Gang kam, begann ich die Schmerzen in den Gelenken zu spüren, den Wassermangel, die Anstrengung jeder einzelnen Zelle. Es war die Agonie des Wachseins, einer Qual, die noch vier Monate anhalten würde, bis zum nächsten Winterschlaf. In diesen Momenten gibt dir nur der Hunger die Kraft, auf die Füße zu kommen. Und das Wissen, daß du nicht wieder schlafen kannst, wenn du nicht fett wirst. Los, Visko, sagte ich zu mir selbst, in deinem Alter hast du gute Chancen, noch dreimal Winterschlaf zu halten. Und es wäre doch schade, das zu verpassen, alter Siebenschläfer.

Wie ein Zombie erhob ich meinen blutleeren und steifen, meinen fett- und seelenlosen Körper. Ungelenk schob ich ihn auf das Licht zu. Es war so hell, daß meine Augen tränten.

»Du bist so dünn wie ein Zwirn, Visko. Komm her, Eicheln knacken!« schrie Jana mir zu. Seit Jahren war sie meine Gefährtin, und ich war ihr treu, nicht wegen einer monogamen Veranlagung, die wir Siebenschläfer ehrlich gesagt nicht haben, sondern aus Faulheit und weil es mich nach Langeweile verlangt. Sie war die häßlichste und deprimierendste Frau der ganzen Gemeinschaft, die fadeste und dümmste. Genau deshalb hatte ich sie mir ausgesucht. Denn nur ein Leben, das aus Langeweile und Frustration besteht, macht empfänglich für befriedigende und grandiose Träume. Und das sind die Momente, die zählen. Wenn das Jenseits, also das Wachsein, die Hölle ist, dann wird das Leben, also der Traum, zum Paradies. Nicht umgekehrt.

Ich hatte keine Lust, in den Ästen herumzuklettern, also schielte ich nach ein paar Eicheln, die auf dem Boden gelandet waren, und ließ meine Knochen vorsichtig und langsam vom Stamm hinunter. Ich taumelte auf eine dieser Früchte zu, befreite sie mit den Pfoten aus dem Becher und grub meine Backenzähne in die reife Frucht. Gleich ging es mir besser.

Meine Höhle hatte sich irgendwann einmal ein Specht in die Eiche geschlagen. Es war der ertragreichste Baum im ganzen Wald, und wenn man ihn aberntete, hatte man bis zum Herbst genug. Meine Kinder waren schon bei der Arbeit, faul auf den Ästen ausgestreckt. Mit väterlichem Stolz beobachtete ich, wie träge sie herumhingen, wie matt ihre Augen glänzten und wie unempfänglich für das Leben sie waren. Dann wandte ich mich dem Seeufer zu.

Denn außer fett werden und versuchen, sich zu langweilen, muß man im Wachzustand noch etwas tun: Traummaterial für den nächsten Winterschlaf sammeln. Deshalb streifen wir Siebenschläfer immer an den faszinierendsten Orten herum. Wir suchen Inspirationen für unsere Geschichten, Personen, Anregungen. Man kann seine Phantasie auch dadurch in Schwung bringen, daß man den Traumerzählungen anderer zuhört und hofft, darin irgendeine Idee zu finden, die man kopieren könnte. Dies taten Zucotic, Petrovic und Lopez, hingeflegelt in der Sonne unter einer Eiche, während sie mit dem Schwanz heruntergefallene Eicheln aufsammelten.

»Gut aufgewacht, Viskovitz? Erzähl uns, wie es war«, sagte Lopez.

»Reden macht müde«, erwiderte ich kurz angebunden.

Es gab nichts, was ich von ihnen lernen könnte. Die Träume von Lopez waren grimmige Geschichten, in denen alle zwischen den Zähnen eines Steinmarders oder eines Otters endeten. Bei Petrovic hingegen waren es die Siebenschläfer, die alle anderen abschlachteten, bis sie schließlich ihrerseits von ihm umgebracht wurden, einer nach dem anderen totgebissen. Der arme Zucotic litt an Schlaflosigkeit. Wenn du im Schlaf eine Stimme aus dem Jenseits hörtest, war das immer er.

Und meine Träume konnte man nicht herumerzählen. Es ging darin ausschließlich um eine bestimmte Siebenschläferin, und ich kann euch verraten, daß es nicht Jana war. Es war eine von denen, die es nur im Traum gibt, ein Meisterwerk meiner Phantasie. Elende Jahre der Frustration hatte es mich gekostet, bis ich mir endlich die absolut vollkommenen Züge dieser Maus vorstellen konnte, diese perfekte Kombination aus Heiliger und Sünderin. Ich hatte sie schön wie den Schlaf gemacht, verführerisch wie ein Gähnen, weich wie ein Kissen.

Und ich hatte sie Ljuba genannt.

Bei dem Gedanken an sie überkam mich sogleich ein starkes Schlafbedürfnis. Ich machte drei Schritte, fiel der Länge nach neben einen Baum und schlummerte ein …

Ich fand sie dort wieder, wo ich sie verlassen hatte, in dem für sie erträumten Tropenwald, zwischen Hibiskusblüten im Schatten der Akazien, in jener verzauberten Welt, wo es keinen Lärm, sondern nur Musik gab; keine Gerüche, nur Düfte, keine steilen Berge, nur sanfte Hügel. Nichts, das herausragte oder schroff war, und alles, sogar die Baumstämme, war mit Fell, Federn und feinen Blättern gepolstert. Es gab keine Räuber, keine Quälgeister oder Rivalen. Es gab keinen Mann neben mir und keinen anderen Gott neben Viskovitz.

Ich begrüßte sie mit einem *zi-zi*, dem Liebesruf der Siebenschläfer. Dann näherte ich mich, kletterte eine Bananenstaude hinunter, schön und schlank wie der Gott der Nager.

»Ich bin wieder da, Geliebte«, fiepte ich. »Nur deinetwegen bin ich hier.«

»Ich habe im Moment zu tun, Visko«, seufzte sie. »Ich bin auf der Suche nach einer Eiche. Es ist nicht leicht, zwischen all den Bananen eine Eichel oder eine Buchecker zu finden.«

»Du mußt nur danach fragen«, sagte ich zu ihr, und mit der Kraft meiner Phantasie ließ ich drei Eicheln, so dick wie Melonen, aus dem Erdboden sprießen, ohne Becher und ohne Schale. Wie alle »erleuchteten« Siebenschläfer hatte ich gelernt, bewußt zu träumen, und das machte jeden dieser Augenblicke noch unendlich reicher.

»Doch jetzt komm und kümmere dich um mich, Schatz«, befahl ich. »Ich habe keinen ganzen Winterschlaf zur Verfügung. Es ist nur ein Nickerchen. Sieh mal dieses Blumenbett, das scheint mir ein idealer Ort …«

»Nein, Visko.«

»Nein?«

Es ist nicht angenehm, im eigenen Traum ein Nein zu hören. Trotz der Fortschritte, die ich dabei gemacht hatte, meine träumerische Kreativität zu lenken, war es mir doch noch nicht gelungen, einen starken Charakter wie jenen, den ich Ljuba gegeben hatte, unter meine Kontrolle zu bringen, und das ließ mich nicht in Ruhe.

»Ich bin es leid, wie ein Püppchen behandelt zu werden und deinen Launen zu gehorchen«, schnaubte sie und ließ ihre Schnurrhaare erbeben. »Für dich ist es einfach. Für dich ist es nur ein Traum, und du kannst darin tun, was du willst. Für mich dagegen ist es das einzige Leben, das ich habe, und ich möchte, daß du es mich leben läßt…«

»Du weißt, daß es nicht das einzige ist, du weißt, daß du in jedem meiner Träume neu lebst.«

»Sicher, das sagen alle. Und inzwischen gibst du mir nicht einmal die Zeit, zu essen oder einen Gedanken zu äußern. Du läßt mich in deiner lächerlichen, faden Welt leben, ohne andere Siebenschläfer, ohne auch nur eine einzige Eiche, in dieser ewigen Dämmerung. Du erlaubst mir nicht, Junge zu haben, du erlaubst mir nicht, ein eigenes Leben zu führen…«

»Aber ich erlaube dir zu träumen…«

»Allerdings. Aber was soll ich träumen, wenn ich nur deine Märchenwelt kenne?«

»Schatz, wir wollen jetzt nicht diskutieren, ich habe wirklich wenig Zeit. Los, komm her.«

»Nein, Visko.«

Wie üblich endete es damit, daß ich alle Banalitäten des Lebens träumen mußte, damit sie sich »lebendig« fühlte, wie sie es nannte: Sonnenaufgang, Eichenwälder, Buchen und sogar Zucotic. Und zum Schluß war ich müder als beim Einschlafen. Es verging wohl wenigstens eine Stunde, bevor Ljuba sich mir näherte und mich ihr betörend duftendes Fell spüren ließ. Dann streckte sie sich verführerisch langsam auf dem Moos aus und winselte zwei provozierende *zi-zi*.

»Nein, Ljuba, du weißt, das ist es nicht, was ich will«, ermahnte ich sie.

Das Problem mit Ljuba war, daß sie mit mir nie die Dinge machen wollte, die die Siebenschläfer und Siebenschläferinnen in den Träumen tun, nämlich schlafen. Den magischen Augenblick des Einschlafens miteinander teilen, die Verschmitztheit des Gähnens, die Leidenschaft des Schlummers, die endgültige Vereinigung der Körper in einem einzigen zerstörerischen Schlaf, das Verschmelzen der Seelen in einem einzigen triumphierenden Traum.

Zusammen mit mir wollte sie Eicheln knacken, Liebe machen, Junge bekommen und all die anderen Banalitäten, während sie sich in dem entscheidenden Augenblick, wenn sich die Lider langsam schlossen, immer weigerte, sich gehenzulassen. So kam es, daß ich stets auf die vollkommene Lust verzichten mußte, und auch diesmal schien es, als sollte es nicht anders gehen.

»Okay, Visko«, platzte es plötzlich aus ihr heraus. »Ich will, daß du zufrieden bist. Und diesmal habe ich auch Lust darauf.«

Ich traute meinen Ohren nicht.

Plötzlich spürte ich eine Pfote im Nacken und wurde wach. Ich war verständlicherweise wütend, und wenn ich die Kraft dazu gehabt hätte, wäre ich fähig gewesen zu töten. Wer dich aufweckt, verdient nichts anderes. Und über mir war nichts als Fell zu sehen.

»Visko!« hörte ich es fiepen.

Es war eine vertraute Stimme. Ich hob die Schnauze und sah eine Siebenschläferin. ›Was verflixt noch mal geht hier vor?‹ fragte ich mich. Sie war nicht nur wunderschön, sondern sah Ljuba sogar noch ähnlicher als sie selbst. Es war die Quintessenz von Ljuba.

»Du bist also Visko, der immer von mir träumt«, sagte sie lächelnd.

Verblüfft sah ich mich um. Was tat Ljuba in der Wirklichkeit? »Ljuba? Was tust du hier?«

»Ich habe dir doch gesagt, daß ich tun will, was du von mir verlangt hast, aber ich will es lieber hier tun als in deinem komischen Traum.«

Wenn das ein Scherz war, dann ein geschmackloser. Ich hatte immer gehört, die Wirklichkeit sei ein Traum, doch ich hatte es nie geglaubt. Wer konnte so verdreht sein, einen solchen Traum zu träumen?

»Ich weiß nicht, wer dich geschickt hat, Ljuba, doch mit Sicherheit hat er einen Fehler gemacht. Schau, hier ist kein Platz für dich. Riechst du, wie es stinkt? Das sind saurer Regen, Nitrate, Schwefel. Jeder Quadratzentimeter unserer Umwelt ist verseucht. Hier muß man sich anstrengen, um zu überleben, es ist laut, und es gibt Krankheiten. Es gibt Marder, Eulen, Iltisse. Es gibt den Menschen. Ich habe eine wahnsinnig eifersüchtige Gefährtin und vierzehn Kinder. Das hier ist die verfluchte Realität, Ljuba, hier kann es niemals Glück und Frieden geben ...«

»Das ist nicht gesagt ...«

»Glaub mir, Süße ...«

»Nicht mehr, Visko.«

»Nicht mehr?«

Sie kräuselte ihre kleinen Lippen zu einem rätselhaften, zuckersüßen Lächeln und fiepte: »All dies existiert nur, weil ich es mir vorstellen wollte, Visko. Es ist nicht das ›Leben‹, es ist mein Winterschlaf. Du hast immer von mir geträumt, weil ich es so wollte. Ich habe es dir nie gesagt. Es sollte eine Überraschung sein. Es hat mir Spaß gemacht, mit dir zu spielen.«

»Das ist wirklich ein guter Witz. Und dann hättest du auch Jana, Zucotic und die anderen geträumt?«

»Sicher, und ich habe sie nur deshalb so lächerlich gemacht, weil ich dich für mich allein wollte, mein Lieber. Glaubst du mir nicht? Dann schau!«

Vor meinen Augen sah ich drei Eicheln, so dick wie Melonen, aus dem Erdboden sprießen, ohne Becher und ohne Schale.

»Bis jetzt, Visko, habe ich mich geschämt. Es ist nicht leicht, zu einem hinzugehen und zu sagen: ›Du bist der Siebenschläfer meiner Träume.‹ Ich wollte lieber, daß du mich suchst, daß du von mir träumst. Ich wollte dich auf die Probe stellen. Jetzt weiß ich, daß du mich liebst, Schatz. Ich habe keine Angst mehr, und ich will dich glücklich machen. Wir haben keine Zeit zu verlieren, Visko, wir sind am Ende aller Träume, komm.«

Sie ließ ein Bett aus Kamillenblüten erscheinen und legte sich darauf.

»In Wahrheit bin ich noch fauler und verschlafener als du, Visko, und nichts wünsche ich mir mehr, als in deinen Armen zu schlummern, dich in meinem Schlaf schnarchen zu hören.« Sie riß ihr Mäulchen zu einem so unverschämten Gähnen auf, daß alles, selbst ihre Seele, aus ihr zu entweichen schien.

Jubelnd gab ich mich hin. Ich verstand nicht recht, wer wen träumte, doch unter meinem Fell zerfloß mein Herz in einem Meer der Seligkeit. Mit einem dankbaren Lidschlag segnete ich diese ganze Tristesse, den schmutzigen See und den verseuchten Wald, die erstickende Luft und die unfruchtbare Erde. Diese ganze trostlose und erloschene Welt, nur ein Gähnen weit vom Glück entfernt.

# Denkst du denn nie an Sex, Viskovitz?

Geschlecht? Ich wußte nicht einmal, daß ich eins hatte. Und dann sagten sie mir, ich hätte zwei. Das müßt ihr euch einmal vorstellen.

»Wir Schnecken«, erklärten mir meine Alten, »sind unvollständige Zwitter...«

»Wie ekelhaft!« schrie ich. »Auch bei uns in der Familie?«

»Natürlich, Junge. Wir können die männliche und die weibliche Rolle spielen. Das ist nichts, wofür man sich schämen müßte.« Mit vorgestreckter Radula deuteten sie auf die beiden Geräte.

»Und warum dann unvollständig?«

»Weil wir uns nur mit anderen Schnecken paaren können, wenn eine gegenseitige Zuneigung besteht, und nie mit uns selbst.«

»Und wer sagt das?«

»Unser Glaube, Visko. Es ist eine Todsünde, an diese andere häßliche Sache auch nur zu denken«, ermahnte mich Papamama.

»Und unrein ist auch, sich zu sehr ins Gehäuse zurückzuziehen, mit sich selbst zu sprechen und sich selbst zu gefallen«, fügte Mamapapa hinzu.

Ein Schauder des Schreckens lief mir über den Mantel.

»Es wäre an der Zeit, daß du anfängst, dich nach einer guten Partie umzusehen. Die Paarungszeit dauert nur wenige Wochen.«

Perplex streckte ich die Fühler in verschiedene Richtungen aus.

»Aber die nächsten Schnecken sind Monatswege weit weg!«

»Da irrst du dich, Junge. Ganz in der Nähe gibt es vortreffliche Jungschnecken.«

Doch in der Umgebung sah ich nur Zucotic, Petrovic und Lopez, meine ehemaligen Schulkameraden.

»Ihr macht Witze. Ihr wollt doch nicht etwa ...«

»Sie kommen aus guten Häusern, haben ein anständiges Erbgut und erfreuliche Entwicklungschancen. Schönheit ist nicht alles, Visko.«

»Habt ihr euch die mal genau angesehen?« Ich richtete mein rhinophores Tentakel auf Zucotic, einen mageren Gastropoden mit einem fast schildförmigen Gehäuse, das Auge eingestülpt, das Ctenidium verkümmert. Selbst die Räuber ekelten sich vor ihm. Wollten meine Alten wirklich solche Enkel?

»Mit der Zeit betrachtest du das anders, du wirst schon sehen. Wir Schnecken haben einen Sinnspruch: »Liebe deinen Nächsten, denn wer fern ist, wird es bleiben.«

»Lieber sterbe ich.« Ich verabschiedete mich und schloß mich gut im Gehäuse ein. Sorgfältig versiegelte ich das Operculum mit kalkhaltigen Salzen, denn man konnte nie wissen.

»Es gehört sich nicht, sich so im Haus zu verkriechen, Viskovitzchen. Die Leute denken schlecht darüber.« Zum Teufel mit den Leuten.

An den folgenden Tagen konnte ich aus irgendeinem Grund nur an das eine denken, ich meine, an die beiden: die Geschlechter.

Ein undefinierbares Jucken, leichte Hormonstörungen waren es zuerst, die mich veranlaßten, mit dem Blick auf den Mantelfalten dieser oder jener Schnecke zu verweilen, Mutmaßungen über die Formen im Gehäuse anzustellen und die Kontraktionswellen ihres Fußes zu bewundern. Nichts, das einen quält oder um den Schlaf bringt, wohlverstanden. Einige Schnecken im Garten waren morphologisch gesehen gar nicht zu verachten, doch Bauchfüßler, die tatsächlich zu mir paßten, die die Klasse und die zoometrischen Eigenschaften hatten, um sich mit einem Viskovitz zu paaren, waren wirklich nicht in Sicht. Ich kam also zu dem Schluß, daß solche nicht existierten oder vermutlich nie geboren worden waren.

Ich irrte mich.

Das majestätische Weichtier in all seiner Schönheit tauchte unvermittelt auf, zwischen den Blättern des Kopfsalats, ziemlich weit von mir entfernt. Es war eine atemberaubende Erscheinung, die sich wollüstig der Sonne hingab, ihre üppigen Formen vom engen Gehäuse nur mühsam gebändigt.

*Parbleu.*

Diese Schnecke hatte mich verhext, ich konnte nicht mehr schlafen und verlor den Appetit. Ich hatte plötzlich nur noch Okularantennen für ihnsie und begann grundlos Schleim abzusondern. Doch was konnte ich tun? Meine Flamme war wenigstens zwei Schneckenjahre von mir entfernt. Wenn ich in diesem Moment losstürzte und mich wie ein Irrsinniger beeilte, sogar auf meinen Winterschlaf verzichtete, würde ich trotzdem alt und gebrechlich sein, bis ich bei ihrihm ankam.

Es sei denn, daß … Ja, genau das dachte ich. Der schiere Wahnsinn. Wenn nun auch ersie anfinge, mir entgegenzukommen? In diesem Fall wäre der Treffpunkt zwischen den Kürbisblüten, und wir würden ihn als zwei Schnekken mittleren Alters erreichen. Je mehr ich darüber nachdachte, desto verführerischer erschien mir die grandiose Romantik einer solchen Tat. Vor Sehnsucht vergehen. Die Jugend für ein Liebesversprechen hingeben. Und war denn der Einsatz nicht immer hoch, wenn es um Liebe ging? Sie betrachtete mich, wie ich sie betrachtete, es war klar, daß sie mich bemerkt hatte. Das war sehr, sehr klar. Man mußte schon eine Muschel sein, um die Andeutungen nicht zu verstehen, die sie mir mit ihren Fühlern sandte. Ich weiß nicht warum, aber ich war sicher, daß sie Ljuba heißen mußte.

»Viskooo!« schrie Mamapapa. »Es gehört sich nicht, mit sich selbst zu sprechen. Die Leute denken schlecht darüber.«

»Laß sie denken!«

»Mach dich lieber zurecht! Der junge Herr Lopez kommt dich besuchen.«

Wie rasend kam Lopez näher, auf seinem ausgesabberten Schleim gleitend, das Gesicht verzerrt vor Lüsternheit, die Osphradien gedehnt, das Mesenchym hängend, die Radula bleckend, atemlos. Er war nur noch zwei Tage von mir entfernt. Wenige Stunden weiter weg stürmten auch Petrovic und Zucotic in meine Richtung, in einem Rennen auf Leben und Tod, um sich an meinem jungen Körper gütlich zu tun. Ich spürte, wie mir die Hämolymphe gefror und sich die Mantelhöhle verhärtete. Vor Ekel stülpte ich die Speiseröhre in Krämpfen nach außen.

Ich verdrehte die Augen zum Kopfsalat hin, und in einem Moment – einem jener Momente, in denen sich ein Leben entscheidet – wurde der Entschluß gefaßt.

»Ich komme!« schrie ich.

Und auch ersie bewegte sich.

Sechs Monate nach Beginn dieses Rennens war ich am Boden zerstört.

Leidenschaftliche Anwandlungen passen nicht zu Mollusken, und insbesondere nicht zu uns Schnecken. Meine Sohle war wund und mein Mesenchym ziemlich mitgenommen. Nach Ende der Paarungszeit war der Hormonspiegel gefallen, und damit hatten sich auch die romantischen Wallungen gelegt. Die Jugend war entschwunden, und der Schleim trocknete ein. Mein Körper alterte schneller, als die Aussicht wechselte. Wenn das Leben ein Wettlauf gegen die Zeit ist, nun ja, dann ist eines sicher: Gegen uns Schnecken ist die Zeit immer im Vorteil.

Als ich zu meiner Reise aufbrach, hatte ich mich der Illusion hingegeben, daß ich, sollte das Ganze ein Fehlschlag sein, doch wenigstens die Welt kennenlernen würde, unerforschte Gebiete und fremde Kulturen, die dezimeterweit entfernt lagen. Doch ich begriff, daß die ganze Welt Gemüse ist. Ich hatte mir vorgemacht, mich mit einem klaren Schnitt von der Vergangenheit lösen zu können, doch jedesmal, wenn ich meine Fühler drehte, waren da immer Verwandte und Bekannte, mit ihren vorwurfsvollen Blicken, ihren enttäuschten und wütenden Mienen. Die Schnecken unserer Kindheit bleiben immer in unserem Gesichtsfeld, und die unseres Alters ebenso. Für uns gibt es keine zufälligen Begegnungen und keine Privatsphäre. Ihr versteht also, warum unsereiner ein Haus braucht, auch wenn es anstrengend ist, es auf dem Buckel mitzuschleppen.

Doch ich eilte weiter auf die andere Schnecke zu, schmachtete und träumte weiter, mit offenen Augen, nachts, bei Mondschein, beim Duft der Petersilie und während der Wind meine Schuppen liebkoste. Und auch ersie näherte sich mir. Das allein zählte.

Der Winter kam, und nach weiteren drei Monaten der Frühling mit den Knospen der ersten Kürbisblüten.

Und dann war der Augenblick da, auf den ich so lange gewartet hatte.

Ich war bestürzt, die Welt brach unter meinem Fuß zusammen. Ich will gern glauben, daß ersie mir entgegenkam, daß ersie auf meine Lockungen antwortete! Ersie war mein Spiegelbild. Ich drehte eine Runde um den Wasserhahn und sah mich still die letzten Tropfen Schleim weinen. Armer Viskovitz. Ich empfand unendliche Zärtlichkeit für mich. Dann schmiegte ich mich an die verchromte Oberfläche und begann laut zu lachen. Was sollte ich sonst tun? Ich machte mich darüber lustig, oder besser: wir machten uns darüber lustig. Plötzlich jedoch wurde mein Bild ernst und begann mich aufmerksam zu betrachten. Wie war ich schön! So weiblich weich und so männlich markant. Ich konnte den Blick nicht von mir wenden: Ich war immer noch ein stolzes Tier, wahrscheinlich das attraktivste Tier, das es je gegeben hatte, außergewöhnlich sexy für eine Molluske. Sinnliche Radula auf märchenhaften Plättchen, ein gelenkiger und fester Körper, ein mimetisches, doch elegantes Gehäuse, Fortpflanzungsorgane … *parbleu!* Augenblicklich wurde mir der Sinn dieser ganzen Geschichte klar. Zaghaft bog ich die Augenfühler aufeinander zu, und zum ersten Mal fixierte meine rechte Pupille die linke. Ich spürte den Kurzschluß, es durchzuckte mich ganz und gar, und ich konnte nur einen banalen Satz murmeln:

»Ich liebe dich, Viskovitz.«

»Ich dich auch, du Dummkopf.«

Mit der Radula streichelte ich sanft die enge Spalte, berührte mit dem distalen Teil des Fußes zart den proximalen. Ich spürte den warmen Druck des rhinophoren Tentakels, das sich unter mein Gehäuse schob, und eine starke Ergriffenheit lähmte mich im Zentrum meines Seins. »Himmel, was tue ich?« stammelte ich. Doch ich gab mich schon meiner Umarmung hin, klammerte mich an mein Fleisch. Trunken vor Verlangen preßte ich mich an mich, erbebte beim schlüpfrigen Kontakt mit dem Derma, berauschte mich am klebrigen Schleim, voll lüsternen Verlangens nach jenen anbetungswürdigen Gliedern. Verzweifelt umschlang ich mich.

Als ich fertig war, bemerkte ich, daß ich in meinem Ungestüm aus dem Haus gekommen war und den Bauch in die Luft streckte, nackt, die Geschlechter im Wind. Und daß aller Augen auf mich gerichtet waren. Allein im Umkreis von einem Dezimeter hielten sich drei Schneckenfamilien auf. Ihr könnt euch ihre Reaktionen vorstellen.

»Widerwärtig! Daß man sich das ansehen muß!« beklagte sich ein Nachbar.

»Du bist auf ewig verdammt, Viskovitz«, rief ein anderer. Sie schrien die Kinder an, sie sollten sich abwenden, doch die hüteten sich, ihre Fühler wegzudrehen.

»Wir werden dir eine Lektion erteilen«, drohten sie mir. Als wäre jemals irgend jemand von einer Schnecke mißhandelt worden. Ich hatte genug erduldet, und so zog ich mich keineswegs in mein Gehäuse zurück, sondern richtete mich vor ihnen auf.

»Unvollständige Zwitter, das seid ihr selber!!!« schleuderte ich diesen Heuchlern entgegen.

Die nächsten Tage waren die glücklichsten meines Lebens. Der Frühlingswind hatte mir zwei große gelbe Blütenblätter geschenkt; in ihren Duft bettete ich mich und badete in dem seligen Gefühl, ein Weichtier und verliebt zu sein. Ich hatte mein Gehäuse gegen diese neue Bleibe eingetauscht, denn mein Haus war für die komplexe Geometrie der hermaphroditischen Autoerotik ungeeignet. Doch meine Geschichte galt weiterhin als skandalös.

»Ein typisches Beispiel für den Niedergang der gastropodischen Gesellschaft«, war zu hören. »Das Ich ist an die Stelle des Sozialen getreten, die narzißtische Persönlichkeit triumphiert. Man wendet sich dem Privaten und Intimen zu...«

Ich gestehe, daß ich mich ziemlich gerne dem Intimen zuwandte... Das war einer der wenigen Vorteile, den das Fehlen einer Wirbelsäule mit sich brachte.

Und man kam mir auch mit Psychoanalyse: »Im sekundären Narzißmus kehrt die frustrierte Liebe zu sich selbst zurück und gebiert Größenwahn, Ich-Überschätzung. Das Ich fühlt sich als Gott...«

Nein, es war mir nicht in den Sinn gekommen, Gott zu sein. Allenfalls hatte Er gewisse Gerüchte in die Welt gesetzt.

»Doch wenn das Alter herannaht, zerbricht der Traum von der glücklichen Ausdehnung der infantilen Omnipotenz. Dann fällt das Selbstverteidigungssystem des Narzißten in sich zusammen...«

Ich muß zugeben, daß ich es haßte, alt zu werden. Das Alter machte mich eifersüchtig. Mehr als einmal hatte ich mich dabei überrascht, wie ich von einer jüngeren Schnecke phantasierte, und das hatte mir das Herz gebrochen. Natürlich war diese Schnecke immer noch ich, das Bild meines jungen Ichs, ausgestreckt im Salat, doch dies linderte den Kummer nicht. Und so verkroch ich mich in mein Haus und weinte. Ich erwiderte meine Liebe nicht. Meine Augen sahen sich nicht mehr an.

Doch das Leben ging weiter. Das kann man mit Fug und Recht sagen, denn ich war schwanger. Mich quälte die Schreckensvorstellung, daß die Geschichten, die man sich über die schlimmen Folgen der Selbstbefruchtung erzählt, wahr sein könnten und daß vielleicht Monster geboren würden. Ungeheuer mit betürmtem Gehäuse oder gespaltenem Fuß, die mir für den Rest meiner Tage Schuldgefühle bereitet hätten.

Ich irrte mich.

Kaum sah ich mein gerade geborenes Schneckchen Viskovitz, erkannte ich es wieder: das majestätische Weichtier in all seiner Schönheit. Es war die perfekte Kopie seines Elters, einer Gottheit ähnlicher als einer Molluske. So winzig, wie es war, wirkte es wie eine Schnecke, die man aus der Ferne sieht, jene ferne Schnecke. Wie schön das Kleine war! Mit der Radula streichelte ich sanft die enge Spalte, berührte mit dem distalen Teil des Fußes zart den proximalen ...

»Ich liebe dich, Viskovitz«, stammelte ich.

»Ich dich auch, Viskovitz«, antwortete es mir.

Wie im Märchen triumphierte die Liebe. Doch diesmal wäre dies nicht das Ende. Es würde überhaupt kein Ende geben.

»Widerwärtig! Daß man sich das ansehen muß!« beklagte sich ein Nachbar.

# Nicht den Kopf verlieren, Viskovitz

Wie war Papa?« fragte ich meine Mutter.

»Knusprig, ein bißchen salzig, faserreich.«

»Bevor du ihn gegessen hast, meine ich.«

»Er war ein unsicherer Typ, ängstlich und neurotisch. Wie ihr Bübchen eben so seid, Viskovitz.«

Ich fühlte mich jenem Elternteil, den ich nie gesehen und der sich im Magen meiner Mutter aufgelöst hatte, während ich empfangen wurde, näher denn je. Wärme hatte er mir keine gegeben, aber Kalorien. Danke, Papa, dachte ich. Ich weiß, was es für die Männchen der Gottesanbeterin bedeutet, sich für die Familie zu opfern.

Ich verharrte einen Augenblick andächtig vor seinem Grab, also meiner Mutter, und betete ein Miserere.

Nach einer Weile hatte ich, da der Gedanke an den Tod mir unweigerlich eine Erektion bescherte, das Gefühl, es sei der Moment gekommen, Ljuba aufzusuchen. Ich hatte sie vor ungefähr einem Monat bei der Hochzeit meiner Schwester kennengelernt; gleichzeitig die Bestattung meines Schwagers, der ihrer grausamen Schönheit erlegen war. Seitdem hatten wir uns mehrmals gesehen. Wie war das möglich gewesen? Gott hatte mich mit dem für uns Mantis-Männchen wertvollsten Talent gesegnet: dem vorzeitigen Samenerguß, notwendige Bedingung jeder längeren Liebesbeziehung. In der ersten Woche hatte ich lediglich ein paar Beine, die Fangbeine, verloren, in der zweiten den Prothorax mit den Flügelansätzen, in der dritten …

»Tu es nicht, Visko, um Himmels willen!« riefen mir meine Freunde Zucotic, Petrovic und Lopez zu, die auf höheren Zweigen hockten. Für sie war die Frau der Teufel, Weiberhaß war ihre Mission. Sie waren pervers oder seit der Metamorphose dysfunktional, hatten das Priestergelübde abgelegt und verbrachten den ganzen heiligen Tag damit, Blätter zu kauen und Psalmen aufzusagen. Sie waren sehr fromm.

Doch kein Gebet konnte mich aufhalten, nicht jetzt, wo ich das eiskalte Verlangen meiner Schönen spürte, das finstere Flattern ihrer Membranen, ihr düsteres Hohnlachen. Wie ein Rasender bewegte ich mich auf diese Laute zu, mit dem einzigen Bein, das mir geblieben war, stützte mich auf meine Erektion, mühte mich, mir die Herrlichkeit ihrer Gestalt vorzustellen, nun, da ich sie nicht mehr sehen konnte, weil ich keine Ozellen mehr hatte, nun, da ich sie nicht mehr riechen konnte, da ich keine Antennen mehr hatte, nun, da ich sie nicht mehr küssen konnte, da ich keine Palpen mehr hatte.

Ihretwegen hatte ich den Kopf verloren.

# Kuckuck, Viskovitz

Nach all dem Herumziehen hatte ich das richtige Plätzchen gefunden, einen Buchenwald in Oberbayern. Eine ruhige und fruchtbare Gegend mit schönem Blick auf den See, doch vor allem nur zwei Flügelschläge vom Kornfeld entfernt. Ja genau, Korn. Ich weiß nicht, wie ihr es haltet, aber ich bin in erster Linie Körnerfresser. Natürlich kann ich mich auch gut mit Obst, Insekten, Schnecken und so weiter durchschlagen. Wir talentierten Finken behaupten uns ja zu guter Letzt in jedem Ökosystem, in das man uns hineinsetzt. Ich war ganz schön herumgekommen, und ihr könnt mir glauben, wenn ich euch sage, daß es weit und breit keinen besseren Nistplatz gab. Es war an der Zeit, mir eine Familie zuzulegen, Nachwuchs, so pfiffig wie der Vater und begierig darauf, aus den Lehren des alten Viskovitz Nutzen zu ziehen. Daher hatte ich mich schon im Winter, noch ehe die Hormone mir sagten, was zu tun sei, und vor allen anderen an den Nestbau gemacht. So hatte ich viel Zeit zu planen, das beste Material zu suchen und alles ordentlich herzurichten. Das Nest ist das erste, was sich die Finkenmädels anschauen, Leute. Kaum hatte ich die Arbeiten abgeschlossen, näherten sich schon die Kandidatinnen aus der Gegend, was ehrlich gesagt nicht viele waren.

Bei der Mutter meiner Kleinen sah ich nicht in erster Linie auf ein prächtiges Gefieder, sondern eher auf einen gesunden, kräftigen und doch weiblichen Körperbau, einen funktionierenden Eierstock, einen wachen Sinn für Verantwortung und eine unerschütterliche Moral.

Deshalb hatte ich mir Ljuba ausgesucht.

»O Visko, es ist ein Traum!« zwitscherte sie, kaum daß sie ihre Kralle auf die Veranda gesetzt hatte. Sie traute ihren Augen nicht.

Zur Rechten, gleich hinter dem Eingang, war die Eierecke, vollständig mit Federn ausgelegt und mit Löchern versehen, um Belüftung und Temperatur zu regulieren. Zur Linken der Freßbereich, mit eigenen Abteilungen für geschälte und ungeschälte Körner. Das obere Stockwerk bestand ausschließlich aus einem luxuriösen Alkoven mit Blick auf den See, abgedichtet und mit Federn, Gras, Wollfäden und Blumen gepolstert. Die gesamte tragende Struktur des Baus ruhte fest und sicher auf Buchenzweigen, nach Art der Webervögel verflochten, mit Lehm und Speichel zementiert, wie es die Schwalben tun, und mit trockenem Kot fein bearbeitet. Ich hatte die Außenwände mit duftendem Immergrün getarnt, ausreichend, um sie vor den Augen von Räubern zu verbergen, doch nicht so viel, um meine Nachbarn daran zu hindern, vor Neid zu platzen. Und in der Zukunft, zu gegebener Zeit, würde ich noch ein Nest auf einem Vorsprung am See bauen, wie manche Bläßhühner es tun.

»O Visko, gehört das alles dir?«

»Uns, Spätzchen.«

»Ich bin so aufgeregt!« Sie stand vor ihrer ersten Ovulation, man mußte Verständnis haben.

»Das ist die Liebe«, erklärte ich. »Das geht nach einer Weile vorbei.« Ich nahm sie mit nach oben.

»O Visko …«

Nach ein paar Tagen waren die ersten Jungen unterwegs.

In Erwartung des freudigen Ereignisses verbrachte ich gerne die Zeit auf der Terrasse, um mein Revier zu bewundern. Seltsam, dachte ich, daß hier in der Gegend so wenig Konkurrenz ist: nur noch drei Feldspatzen, und die wirkten vertrottelt. Mit der Zeit würde ich meinen Besitz in aller Ruhe erweitern, mich bis zum Kornfeld hin ausbreiten können. Meine zukünftigen Erben waren wirklich zu beneiden. Mit einem Vater wie mir würde ihr Leben ein Triumphzug.

Ich hüpfte von Zweig zu Zweig, ohne einen besonderen Grund. Einfach weil ich Lust dazu hatte. Weil es meine Zweige waren.

Plötzlich hörte ich ein verdächtiges Geräusch. Ich erkannte unklar einen Vogel, der sich vorsichtig in meinem Revier bewegte. Zwischen meinen Sachen.

»Halt, du Fink!« pfiff ich ihn an.

»Entschuldigung, Visko. Ich bin es, Petrovic... Ich bin verletzt.«

Mein Nachbar Petrovic schleppte sich mit blutigen Federn über den Boden, als hätte er eine Ladung Schrot oder etwas Ähnliches abbekommen. Wer hatte ihn so zugerichtet?

»Der Kuckuck, Viskovitz, der hat mich richtig verprügelt.«

Ich muß gestehen, daß ich tatsächlich wenig über den Kuckuck wußte. Ich glaubte, er beschränke sich darauf, aus Uhren herauszufahren und »Kuckuck« zu rufen. Petrovic zeichnete ein sehr viel beunruhigenderes Bild. Kuckucke seien fünfmal so groß wie wir, und sie hätten ein kleines Laster.

»Brutschmarotzertum? Was meinst du damit?«

»Diese Bastarde haben überhaupt keine Moral, Visko. Sie bauen kein Nest, machen auf den Ästen, was sie wollen, ohne Balzen und Hochzeit, und lassen dann die Eier in den Nestern von anderen, werfen eins deiner Eier raus und legen ihres rein. Ihre Eier sehen mehr oder weniger wie unsere aus, man kann sie nicht erkennen. Und manchmal wirft der Bastard deine Jungen aus dem Nest, richtet ein Massaker an. Das ist Lopez passiert!«

»Heiliger Schwarm!«

»Und wenn du so blöd bist, es nicht zu merken, fütterst du ihn schließlich monatelang, weil du denkst, es ist dein Junges. So ist es bei Zucotic. Er ernährt ihn seit einem Jahr, zieht mit einem Kuckuck herum, der viermal so groß ist wie er selbst, und sagt: ›Seht euch mal meinen prächtigen Jungen an!‹ Keiner hat den Mut, ihm die Wahrheit zu sagen ...«

»Ach du Körnerkacke!«

»Dieses Jahr habe ich den Kuckuck genau in dem Moment erwischt, als er mir die Eier im Nest austauschen wollte, und da habe ich ihm meine Meinung gesungen.«

Doch offenbar hatte der Kuckuck dazu den Takt geschlagen.

Meine Gedanken gingen augenblicklich zu Ljuba. Jeden Moment konnte sie die Eier legen. Ich mußte sofort zurück zum Nest und Wache beziehen. Also verabschiedete ich mich und flog los.

»Laß nie das Gelege aus den Augen, Visko, ein Moment genügt!« rief Petrovic hinter mir her.

Ich fand Ljuba im Wohnzimmer, ausgestreckt auf einem Blumenkissen. Sie bestätigte alles, was Petrovic mir erzählt hatte. Alle wußten, daß es den Kuckuck gab. Er gehörte nun einmal zum Leben.

»Aber wir müssen uns keine Sorgen machen, Visko. Dieses Nest ist ein Bunker. Und außerdem bist du nicht so dumm wie deine Nachbarn.«

»Ja sicher, aber laß uns doch lieber wachsam sein.«

Drei Tage lang wartete ich, ohne ein Auge zuzutun, daß die Eier gelegt würden. Gott schenkte uns drei: weiße, vollkommene Ovale. Ich verglich sie und ritzte dann mit dem Schnabel auf jedem ein V ein. Ljuba hinderte mich daran, Farbe zu gebrauchen: wenn die nun in den Dotter ginge?

Wir mußten auf der Hut sein. Ich teilte das Wachen und Brüten in Schichten ein. Ich würde das Nest überhaupt nicht verlassen, schließlich hatten wir genug Vorräte. Hinter der Tür postiert, könnte ich jeden, der seinen frechen Schnabel hereinsteckte, direkt in die Augen hacken. Diese Geschichte mit dem Kuckuck ging mir einfach nicht aus dem Kopf. Wie wir Fringilliden uns über Jahrhunderte hatten betrügen lassen! Ich fühlte mich in meiner Würde als Fink verletzt. Die Wahrheit war, daß viele von uns, Finken eingeschlossen, den Fehler hatten, sich stereotyp zu verhalten. Jede Strohpuppe mit einem Hut auf dem Kopf war ein Bauer, und jedes Junge mit aufgerissenem Schnabel im Nest wurde unweigerlich gefüttert. Natürlich nutzten die Leute das aus. Dies würde zu den ersten Dingen gehören, die ich meiner Brut beibringen wollte: die Tugend des Zweifels.

In der Stille der Nacht legte ich das Ohr an die Schale und hörte sie atmen, meine Kleinen.

Ljuba war mit der Wache an der Reihe, und ich genehmigte mir ein Nickerchen. Doch als ich die Augen wieder öffnete, lag sie schnarchend in den Federn!

Ich machte ihr eine Szene. Ich fluchte auf die heiligsten Vögel und pfiff sie wirklich ziemlich an.

»Beruhige dich, Visko, deine ›V‹ sind alle an ihrem Platz. Ich bin doch noch müde vom Eierlegen, du kannst mich nicht weiter so quälen.«

»Jetzt halt aber bitte den Schnabel! Meinst du, ich habe mein ganzes Leben lang geschuftet, damit die Jungen vom Kuckuck sich freuen können? Meinst du, meine Leute haben Tausende von Jahren im genetischen Wettbewerb durchgehalten, damit so ein elender Kuckuck eines Tages einen Babysitter hat?!«

Ich kontrollierte die Eier, und ich hätte verflixt noch mal schwören können, daß eines der ›V‹ in einer komischen Schrift geschrieben war. Ich machte weitere drei Tage kein Auge zu, strich um die Eier herum, betete und fluchte. Ich wurde sehr dünnfedrig.

Dann schließlich brachen die Eier auf. Zwei Jungs und ein Mädel. Sie machten schon einen gewissen Eindruck: drei magere, federlose kleine Körper mit riesigen, aufgesperrten Schnäbeln. Sie schrien. Ich musterte sie aufmerksam.

»Sind sie nicht süß?«

»Ich glaube schon«, antwortete ich vorsichtig und betrachtete mir in Ruhe das in der Mitte. Es war eindeutig anders als die anderen beiden.

»Sieh dir das an! Dieses hier hat rötlichen Flaum!«

»Da ist nur ein bißchen Dotter hängengeblieben, Visko, mehr nicht.«

»Okay, aber wir wollen es lieber im Auge behalten... Und warum, verflixt, schreit es mehr als die anderen?«

»Weil du ihm schon eine Stunde lang an den Federn zupfst, Visko.«

»Kann sein. Jedenfalls ist es klüger, wir isolieren es von den anderen beiden.«

»Machst du Witze? Ist dir klar, was für ein Trauma das für das arme Kleine wäre? Jetzt sei einmal vernünftig: Wenn es das wäre, was du fürchtest, dann müßte es das kräftigste von den dreien sein, aber der andere Junge ist größer.«

»Gewiß, den anderen sollten wir auch im Auge behalten.«

Bei dem Wort »Auge«, verdrehten sich die meinen. Seit wie verdammt langer Zeit hatte ich kein Auge zugetan?

»Die Kleinen brauchen Protein, Visko. Los, versuch einen Regenwurm oder eine Schnecke zu finden. Ein schöner fetter Wurm wäre wirklich ideal.«

Ein fetter Wurm? Leichter gesagt als getan. Wo sollte ich um diese Zeit einen auftreiben?

Ich flog trotzdem los. In der kühlen Luft und weil ich ständig mit dem Kopf gegen Zweige stieß, wurde ich ein bißchen wacher. Ich flog hin und her, und zum Schluß wurden meine Erfahrung und meine minuziöse Geländekenntnis wieder einmal belohnt. Im ersten Schimmer des Morgengrauens kehrte ich mit einem schönen fetten Wurm ins Nest zurück.

»Bravo, Visko«, turtelte meine Ljuba. »Ich wußte, du würdest es schaffen. Gib ihn her!«

»O nein! Ich will ihnen den Wurm selbst geben!« Ich teilte meine Beute in drei Teile, zerkleinerte sie und begann das Mädel zu füttern.

»Danke, Papa«, piepste es.

»Hast du gehört? Sie kann schon Papa sagen! Sie ist wirklich eine von uns.«

Danach fütterte ich den Jungen mit den gelben Flaumfedern.

»Danke, Papa«, brummte er.

»Hast du gehört? Das Kerlchen scheint mir auch auf Draht.«

Dann nahm ich das, was noch übrig war, und servierte es dem Kleinen mit dem rötlichen Flaum.

»Danke, Visko«, zwitscherte er. »Ist nicht schlecht, der Wurm.«

Es überlief mich kalt.

»Er ist es!« wetterte ich los. »Er ist es. Ich habe es ja gleich gewußt. Der Bastard!« Ich packte ihn im Genick. »Gesteh! Du sollst gestehen, du Lump! Du wolltest mich reinlegen, hä? Du hast gedacht, du kommst mit heiler Haut davon, was, du Mißgeburt?!«

Der Kerl fing an zu heulen, als wollte ich ihm ans Leben. Ljuba stürzte sich wie eine Wahnsinnige auf mich. Zum Schluß fand ich mich am Boden wieder und konnte meine Flügel nicht mehr regen.

»Wage es nicht, eines meiner Jungen noch einmal anzufassen, oder ich bringe dich um!« kreischte sie. »Und bei Gott, wenn ich noch einmal irgend etwas vom Kuckuck höre, nehme ich die Kleinen und verlasse dich!« Sie war außer sich. »Ach, was sage ich? Ich verlasse dich sofort!«

»Warte, meine Süße, nichts überstürzen! Du weißt, ich habe dich gern, dich und die Kleinen, ihr seid alles für mich. Verzeih mir, ich weiß nicht mehr, was ich tue. Diese Geschichte mit dem Kuckuck...«

»Ich will dieses Wort nicht mehr hören!«

»In Ordnung. Vielleicht muß ich nur einmal richtig schlafen. Richtig schön ausschlafen.« Der Kleine wimmerte immer noch zwischen Ljubas Flügeln. Ich konnte nicht mehr.

»Ich bin gleich eingeschlafen, Ljuba. Bitte bewach du

sie … ich meine … kümmere du dich um sie.« Ich fiel um wie ein Stein.

Als ich wach wurde, waren Ljuba und die Kleinen verschwunden. Das Nest war in einem Zustand, als wäre ein Habicht darüber hergefallen.

»Ljuba!« rief ich.

»Wir sind hier auf der Veranda, Visko. Wir brauchen Nachschub, Liebling. Die Körner sind alle.«

»Alle? Lieber Himmel, wie lange habe ich denn geschlafen?«

»Drei Tage, Liebling.«

Die Jungen flegelten sich in der Sonne und dösten. Ich betrachtete sie aufmerksam.

»Verhält irgendeiner sich komisch, Ljuba?«

»Nur du, Viskovitz.«

Sie hatten schon ein ganz ordentliches Gefieder. Aschgrau auf den Backen, der Kehle und der Brust und bleigrauschwarz mit weißen Flecken auf den Schwungfedern und der Steuerfeder. Sie schienen in Ordnung, glichen einander wie ein Ei dem anderen. Sehr gut. Jetzt war der richtige Augenblick, um zu feiern. Ich hatte noch Johannisbeeren in der Dachkammer und machte mich auf den Weg nach oben.

Als ich im oberen Stockwerk angekommen war, spielten meine Augen mir einen bösen Streich. Mir sträubten sich die Federn, und ich blieb mit offenem Schnabel stehen, wie versteinert. Da war einer in meinem Bett. Ein fettes Federvieh rekelte sich auf meinen Daunen!

»Ljuba!« schrie ich. »Was geht hier vor?«

Ljuba eilte herbei. In der Zwischenzeit war der Kerl im Bett hochgesprungen und richtete sich auf. Er war so groß wie Ljuba, also viermal so groß wie ich, hatte eine aschgraue Brust und bleigrauschwarze Flugfedern mit weißen Flecken. Er machte den Schnabel auf und sagte:

»Kuckuck, Viskovitz.«

Auch meine Kleinen kamen eilig dazu, nun ja, was heißt Kleine: Sie waren schon einen Schnabel größer als ich.

»Kuckuck, Viskovitz«, krächzten sie mir im Chor zu.

Da schaute ich Ljuba an und sah sie lächeln.

»Kuckuck, Viskovitz«, machte auch sie.

Mir drehte sich der Kopf, und ich wußte wirklich nicht, was ich sagen sollte.

»Kuckuck«, antwortete ich artig.

# Du hast Hörner auf, Viskovitz

Ich, Viskovitz, bin ein braver und gutmütiger Kerl, doch wenn ich das Geweih senke…, ich stieß ein furchtbares Röhren aus und stürmte los.

So ist es bei uns Elchen schon immer gewesen: Wer gewinnt, dem gehören alle brunftigen Kühe. Den anderen, mit ihrem abgestoßenen Geweih, bleibt allein die Phantasie. Nur ein Gegner trennte mich noch vom Ruhm, von der Liebe, von der Macht. Ich durfte nicht versagen, durfte nicht zulassen, daß ein Augenblick der Unachtsamkeit oder irgendeine banale Angst mir ein mit sportlichem Training und stampfendem Warten verbrachtes Jahr ruinierte.

Schnell wie ein Schlachtroß und mit dem ganzen Gewicht meiner zwei Doppelzentner stürzte ich mich auf ihn, doch als wir aufeinandertrafen, spielte mein Rivale Petrovic mir einen üblen Streich: Er kauerte sich zusammen wie eine Maus und ließ mich ins Leere stoßen. An den Beinen getroffen, knickte ich ein, fiel mit der Schnauze auf den Boden und konnte nur noch um Erbarmen flehen. Petrovic verpaßte mir einen weiteren Stoß mit dem Geweih und wandte sich dann den jungen Elchkühen zu, um sich seine Belohnung abzuholen.

An jenem Abend flüchtete ich mich humpelnd ins Unterholz, um meine Wunden zu lecken. Dann schleppte ich mich zum Wasserloch und suchte Jana.

»Grüß dich, Jana«, röchelte ich.

»Du stinkst, Viskovitz.«

Das Dunkel des Abends hüllte sie mitleidig ein. Während sie äste, streifte ihr Euter den Boden. »Diesmal haben sie dich ja schlimm erwischt, Visko«, meinte sie hämisch. Wenn man sie von den Flöhen befreite, ließ sie einen immer ran, und wenn man ihr ein bißchen die Krätzestellen kratzte, grunzte sie noch so etwas wie: »Du bist der Beste, der Held auf dem Kampfplatz, die Nummer eins …«

Und so verging der Winter.

Und dann hieß es für den Frühling trainieren und das Geweih schärfen. Denn schließlich ist man ein Elch und hat seinen Kopf nicht nur zum Denken, sondern auch zum Kämpfen.

Als der nächste Frühling kam und die Kühe wieder brunftig waren, fanden wir jungen Elchbullen uns am Fuße des Bergs ein, um zu entscheiden, wer von uns Petrovic angreifen sollte. Die Kraft, die mir von Natur aus gegeben ist, hatte ich um ein gutes Stück Erfahrung ergänzt und um all die Tricks, die man mit der Zeit lernt. Ich brauchte nicht länger als eine Viertelstunde, um Lopez, Zucotic und den anderen beizubringen, daß ich es war, der ihn ein weiteres Mal herausfordern würde. Einige von den Jüngeren, die meine Abgeklärtheit mit Angst verwechselt hatten, leckten sich im Wald die Wunden. Petrovic hatte vom Berggipfel aus alles verfolgt und stürmte sofort los. Diesmal erwartete ich ihn, mit festem Huf, unten im Tal. Er schien mir gealtert und heruntergekommen, abgemagert und geschwächt. Also schleuderte ich ihn gegen eine Eiche, bis er mir leid tat.

Nachdem das erledigt war, machte ich mich auf den

Weg nach oben, auf den Berg, wo die jungen Elchkühe mich erwarteten. Ihre Köpfe tauchten hinter den Felsen auf. In der Luft der Geruch nach Weib und ein paar zarte Stimmen.

»Wer hat gewonnen?«

»Viskovitz. Er kommt gerade.«

Als ich sie vor mir sah, machten sie nicht unbedingt den Eindruck, den man von einem Rudel brunftiger Elchkühe erwartet. Man stellt sich ja einen bebenden, aufgeregt durcheinanderkreischenden Haufen vor. Ein paar schnarchten, andere lagen auf dem Bauch und schlugen sich mit dem Schwanz auf den Rücken, die ein oder andere äste. Jedenfalls trat die appetitlichste von allen aus dem Rudel vor und verkündete: »Ich bin die Anführerin der Gruppe. Da du den Wettkampf gewonnen hast, bist du der Stolz des Rudels, unser Herr und Meister, und du wirst dich zuerst mit mir paaren und dann mit allen anderen, und wir werden zahlreiche kräftige Nachkommen gebären.«

»Darauf kannst du schwören«, knurrte ich.

»Natürlich wirst du für die Sicherheit und das Wohlergehen des Rudels sorgen. Du wirst neue Reviere entdecken und erobern und immer ein Auge auf unsere Weide haben. Du wirst den Wolf und den Luchs fernhalten und Tag und Nacht auf dem Berggipfel wachen und den Jäger wittern. Die anderen Rudel werden dich fürchten, und du wirst das Revier verteidigen. Da du hier der einzige mit einem Geweih bist, wirst du die höchsten Äste herunterziehen, damit wir fressen können, und du wirst uns die Flöhe aus dem Fell holen. Du wirst deinen Kindern ein Vorbild sein und dich um ihre Erziehung kümmern. Wenn wir trächtig sind, wirst du uns jeden Wunsch von den Augen ablesen. Du wirst jeden Streit schlichten, uns immer weise führen und gerecht entscheiden. Du wirst nicht mit den anderen Elchbullen am Berg verkehren und wirst ihren unreinen Samen von uns fernhalten. In der Brunftzeit wirst du dich auf dem Kampfplatz den Rivalen stellen, bis du eines Tages, alt und müde, den jüngeren und frischeren Herausforderern unterliegst, unter denen du deine eigenen Söhne finden kannst. Und wenn du getötet wirst, kommt dein Geweih zu denen deiner Vorgänger, denen wir stets in dankbarer und ehrfürchtiger Hochachtung gedenken. Mein Name ist Ljuba.«

»Ich bin Viskovitz, Schätzchen«, brummte ich. »Du hast ein schönes Fell, Ljuba ... Weißt du, was ich jetzt tun möchte, meine kleine Blume? Mit dir auf eine kleine Runde im Wäldchen verschwinden ...«

»Ich fürchte, das ist nicht möglich. Wenn du dich mit mir paaren willst, denn ich nehme einmal an, daß es darum geht, dann mußt du es hier tun, auf dem Berg. Man kann das Rudel nicht unbeaufsichtigt lassen.«

»Hier vor allen?«

»Das ist die Regel, Euer Elchheit.«

»Okay, wir reden noch mal drüber, wenn es dunkel wird. Aber tu mir einen Gefallen, mein kleines Füllen: Sag Visko zu mir.«

An jenem Abend hielt ich nach Sonnenuntergang Wache. Die Nacht war ruhig. Die Kleinen schliefen eingerollt zwischen den Beinen meiner Elchkühe, die allerdings schnarchten. Nur Ljuba äste immer noch und warf mir ab und an einen Blick zu. Ich pfiff nach ihr, und gleich trabte sie in meine Richtung. Wir verstanden uns auf Anhieb. Ihre großen, wäßrigen Augen glänzten im Mondlicht. Ich machte mich an sie ran. Ich hatte es verdammt eilig. Und das war doch mehr als verständlich. Ich hob mich auf ihre Kruppe, hielt sie mit den Vorderbeinen fest, knabberte mit den Zähnen an ihrem Hals, und mit …

»Was ist denn das für ein Lärm?«

»Ich fürchte, der Wolf hat sich eines der Kleinen geholt, Euer Gnaden.«

»Na ja, solang's keins von meinen ist, dann ist's nur ein Maul weniger zu … Ich meine … Klar, natürlich, ich gehe jetzt runter und bringe die Sache in Ordnung … Aber ich bitte dich: Sag Visko zu mir.«

Ein geiferndes Wolfsungeheuer hatte ein Elchkalb im Genick gepackt und machte sich geduckt mit ihm aus dem Staub. Ich nahm ihn von hinten aufs Geweih und schleuderte ihn durch die Luft. Doch in der Zwischenzeit waren aus dem Gehölz noch mehr von diesen Schurken aufgetaucht, und jetzt hatte ich einen am Bein hängen. Ich verlagerte das Gewicht nach vorn und schlug aus, um ihn abzuschütteln. Sie hatten sich den falschen Tag ausgesucht. Den dritten durchbohrte ich, hob ihn hoch und erledigte ihn. Die anderen machten sich aus dem Staub. Wir würden sie wohl eine ganze Weile nicht wiedersehen. Jetzt war der Abend natürlich ruiniert. Ich blutete an zwei Beinen und aus dem Bauch. Es war ein langer Tag gewesen. Ich fiel auf den Rücken, streckte den Bauch in die Luft und ließ mir die Wunden lecken. Ich hörte, wie eine Elchin zur anderen meinte: »Was habe ich dir gesagt? Visko hat ihnen eine Lektion erteilt.« Dann war ich weg.

Am nächsten Tag, bevor ich mich richtig erholen konnte, tauchten die Luchse auf, und dann, gegen Abend, auch noch zwei Bastarde, die vom Geruch der Elchinnen aus dem Tal zu uns heraufgelockt wurden. Mit ihnen hätte ich keine großen Probleme gehabt, wenn ich nicht in diesem Zustand gewesen wäre. Vollkommen mitgenommen. Doch ihr könnt euch vorstellen, was geschehen wäre, wenn ich diesen Typen freie Bahn gelassen hätte. Ich beschloß, aufs Ganze zu gehen, zwang mich zu einem leichten Trab und tat so, als ob mit meinen Beinen alles in Ordnung wäre. Nur Gott allein weiß, ob ich in diesem Augenblick nicht vor Schmerz fluchte. Dann stieß ich vor dem Kampflustigeren der beiden ein Brüllen aus, das wir »das letzte Röhren« nennen. Und dies bedeutet hier oben genauso wie unten in der Ebene, daß man bis zum Ende kämpft. Zu meinem Glück wandten die beiden das Geweih ab, doch wenn sie den Schneid gehabt hätten anzugreifen ... lieber nicht daran denken. Ich hörte die Elchinnen sagen: »Visko ist auf Draht. Hast du das gesehen? Die haben unter sich gemacht.« Dann brach ich zusammen.

Am nächsten Morgen begann ich mich besser zu fühlen, die Kräfte kehrten zurück und mit ihnen ein gewisses Verlangen. Ich beschloß, daß ich diesen Tag Ljuba widmen würde. Ich rief sie, und sie ließ sich nicht bitten. Doch ich merkte gleich, daß sie ein bißchen nervös war.

»Hast du noch immer Angst vor deinem guten Visko?« brummte ich und lächelte wie ein Pferd.

»Das ist es nicht, Herr. Es ist nur, weil ich einen Schuß aus dem Wald gehört habe.«

»Das hast du dir bestimmt nur eingebildet, Liebchen. Alles Unglück kommt selten zugleich. Du bist nur ein bißchen aufgeregt, ich selbst...«

Ein Flintenschuß war zu hören, dann ein ersticktes Brüllen aus dem Wald.

»Ich sehe nach, was ich machen kann. Aber tu mir bitte einen Gefallen und sag beim nächsten Mal Visko zu mir.«

Ich lief in den Wald hinunter und lenkte die Aufmerksamkeit der Jäger auf mich, während das Rudel sich in Sicherheit brachte. Ich rannte, bis ich nicht mehr konnte, kreuz und quer über Berg und Tal, legte Spuren und verwischte Spuren, nahm zwei Gewehrschüsse und eine Garbe von Kugeln auf mich, bis ich mich schließlich, tief in der Nacht, auf den Berggipfel zurückschleppte. Vollkommen erledigt.

Zwei Elchkühe waren noch wach. Ich hörte, wie die eine der anderen zuraunte: »Wirklich tüchtig, der Viskovitz. Bei ihm können wir ruhig schlafen.« Dann sackte ich weg.

Am nächsten Morgen erwachte ich mit bester Laune. Bei uns in der Gegend kommen die Jäger nie häufiger als einmal in der Woche. Den Wölfen und Luchsen hatte ich eine Lektion erteilt, und die Elche... sie taten besser daran, sich fernzuhalten. Es war ein milder, sonniger Tag, und wenn der Himmel klar ist, kann sich das Panorama der Rocky Mountains wirklich sehen lassen. Vielleicht ist es so, weil ich ein Elch bin, doch mir kommen diese gezackten Kämme wie unbezwingbare Geweihe vor. Ich stieß ein langes Röhren aus. Mir war einfach danach. Es hätte mir gefallen, wenn mir Leitelche von den anderen Bergen geantwortet hätten. Denn wir Elche waren überall hier oben.

Die Kleinen ästen friedlich, und das Rudel war guter Dinge. Ich genehmigte mir ein bißchen junges Gras und rief dann die Elchinnen zu mir. Was für schöne lange Schritte die Füllen doch machten! Wir hatten etwas nachzuholen. Es gab keinen Grund, bis zum Abend zu warten, jetzt würde ich tun, wonach mir war, im eigenen Haus mußte man sich ja nicht schämen. Da war Ljuba, dann kam Lara, dann Olga, dann Elchine… Großer Elch, ich war aufgeregt wie ein junger Spund.

»Mädels, heute arbeiten wir alle zusammen, um für das Rudel zahlreiche kräftige Nachkommen zu sichern. Los, Ljuba«, schnaubte ich.

»Ich fürchte, das ist nicht möglich, Herr.«

»Du machst wohl Witze…«

»Die Brunftzeit ist vorbei, Herr, und wir müssen mit diesen Dingen bis zum nächsten Jahr warten, wenn wir dann die Ehre haben, daß du noch unter uns weilst. In der Zwischenzeit bleibst du unser einziger Herr. Wenn du jetzt so nett sein würdest, diesen Ast herunterzubiegen, wir…«

Jana lag regungslos im Wasserloch, halb im Schlamm versunken, damit die Flöhe ersoffen.

»Du stinkst, Euer Elchheit«, keifte sie.

# Es ist nicht alles Gold, was glänzt, Viskovitz

Kaum geboren, bekam ich schon Komplimente.

»Wie schön er ist«, frohlockte Mama. »Er ist schon ein fertiger Käfer! Und er hat mehr Farbe als die anderen. Er sieht einfach besser aus!« Sie war wirklich zufrieden mit dem, was sie sah. So funkelnagelneu bot ich bestimmt keinen unerfreulichen Anblick.

Ich freute mich, auf der Welt zu sein, und warf einen Blick in die Runde, um mich zu vergewissern, daß keine Räuber da waren, denn ich hätte mich geärgert, wäre das Fest so schnell vorübergewesen. Um mich herum versuchten eine Menge andere Junge, die gerade mit der Larvenentwicklung fertig waren, aus ihren Brutbirnen zu schlüpfen, und strengten sich an, auf die Beine zu kommen. Mir gefiel die Vorstellung, mit einem Vorsprung vor ihnen ins Leben zu starten, und sei es auch ein so vergänglicher wie Schönheit. Doch Papa sorgte dafür, meine Begeisterung zu dämpfen.

»Hör nicht auf deine Mutter, Visko. Schönheit bringt für unsereinen keinerlei Vorteil.«

»Meinst du?«

»Da bin ich mir sicher, mein Sohn. Und es ist besser, du weißt gleich, wie die Dinge liegen. Wir sind Kotfresser, Junge, und die einzige Sache, die in unserem Leben zählt... na ja, also... ist eben Scheiße.«

Ich war wie versteinert. Zwar begriff ich nicht sofort,

was er meinte, doch die Art, wie er es sagte und sich dabei mit verzagter Miene in seinem Integument duckte, beunruhigte mich gleich.

»Aber jetzt wollen wir feiern«, fuhr er fort. »Hier ist eine Delikatesse. Das wird dir schmecken.« Ein wenig ängstlich hielt er mir ein dunkles Kügelchen hin. Mißtrauisch kostete ich nur ein Zünglein voll. Es war wirklich ekelhaft. Mein Gott, dachte ich, dreht sich unser Leben wirklich um diesen Dreck?

»Du bist unser erstes Kind, Visko. Es war nicht leicht, dich auf die Welt zu bringen. Um Larven zu ernähren, braucht man drei Zentimeter dicke Kugeln, »Pillen« nennen wir sie. Und die werden einem nicht geschenkt, das kannst du mir glauben.«

»Gibt's denn viel Konkurrenz?«

»Du sagst es, Junge. Trockenheit, keine Herden, wenig Stoff, und wir sind viele. In einem Kilohaufen findest du innerhalb von zehn Minuten so ungefähr fünftausend Kotfresser, Gräber, Dreher, Endokoprophagen.«

»Endokoprophagen?«

»Ja, das sind auch Skarabäen, winzige Bastarde, die sich in die Kugel reinschleichen, die du gerade rollst, und sie dir von innen auffressen. Die sind dazu fähig und machen sich auch über die Larve her, wenn du nicht achtgibst! Dann gibt es noch die Heliocopren, das sind auch Gräber, echte Bulldozer, eklige Kerle, die mehr als zwanzig Gramm wiegen, und wenn du einem von denen begegnest, Junge, dann tust du besser, was er sagt.«

»Ich werd's mir merken, Papa.«

»Doch vor allem mußt du dich vor deinesgleichen hüten. Denn eine Pille auszugraben, zu drehen und zu schieben ist eine sehr mühsame Arbeit, dazu braucht man dreißig Minuten, zwanzig, wenn du tüchtig bist. Der Kot ist nicht immer gleich, du mußt ihn bearbeiten, die Feuchtigkeit und Konsistenz prüfen, dann einen Vorsprung finden, ihn abrunden, loslösen und zum Rollen bringen, mit dem Kopf abstützen, mit den Hinterbeinen schieben, in der Zwischenzeit die Vorderbeine als Harke benutzen und alle Exkremente, die du findest, draufschmieren. Das sind Arbeiten, die Energie kosten. Und Energie kostet Scheiße. Deshalb ist die vorteilhafteste Strategie, an eine Kugel zu kommen, sie zu stehlen. Wenn du erschöpft bist und die Pille fertig ist, mußt du sie verteidigen wie dein Leben, oder sie ziehen dir eins über und schleppen sie weg. Auch deine besten Freunde, mit denen zusammen du aufgewachsen bist. Der Stoff ist stärker als wir, Visko, er frißt unsere Seele auf.«

»Papa, wozu sind diese Anhängsel unter den Deckflügeln da?« fragte ich, um das Thema zu wechseln.

»Das sind Membranflügel, damit können wir fliegen.«

»Fliegen! Wow, das ist ja mal eine gute Nachricht!«

»Aber gib acht: Fliegen erfordert eine Menge Energie. Zuerst mußt du die Geschwindigkeit deines Stoffwechsels vergrößern, die Körpertemperatur erhöhen, und um das zu bewerkstelligen, mußt du pumpen...«

»Pumpen?«

»Ja, das Pumpen lädt dich mit Energie auf und bereitet dich auf die Aktion vor. Du mußt allerdings genug Stoff zu dir nehmen, um es dir erlauben zu können. Heutzutage reicht die Energie im allgemeinen kaum noch, um dir den Stoff zu besorgen, und der Stoff reicht kaum noch, um die Energie zu erzeugen. Fliegen kannst du dir nur erlauben, um schnell auf dem Mist anzukommen. Da endet es zum Schluß immer, Visko.«

»Auf dem Mist.«

»Genau. Du darfst aber nicht glauben, daß unsere Arbeit irgendwie verächtlich ist. Ganz im Gegenteil. Wir Kotfresser sind von grundlegender Bedeutung für das Ökosystem. Nicht nur, daß wir den Mist wegschaffen, der sich sonst anhäufen und die Pflanzen ersticken würde, wir machen auch noch den Boden fruchtbarer und luftiger, verzögern die Ausbreitung von Parasiten und Krankheitserregern und verringern die Zahl der Fliegen, die sich in den Exkrementen vermehren«, erklärte mein Vater mit soviel stolzem Schauder, wie es ihm sein Stoffwechsel erlaubte.

Am nächsten Morgen flogen wir in aller Frühe los, um die durch meine Geburt verlorene Zeit wieder aufzuholen. Ich begann schon, mich schuldig zu fühlen, als wir schließlich doch noch ein Rudel Elefanten an der Tränke sichteten. Papa riet mir dazu, mich zu spezialisieren, und das Fressen von Elefantenkot schien die Möglichkeit, die am meisten Erfolg versprach. Man hatte mir erklärt, daß diese Tiere ihre Produkte selten zerstampfen, doch ich vermochte mir wirklich kaum vorzustellen, daß irgend jemand den Mut haben könnte, sich dort hineinzuwagen und etwas von dem Zeug wegzutragen. Und doch, kaum war die erste Ladung abgeworfen, tauchten wie durch Zauber Tausende von Käfern auf und stürzten sich auf diesen Stoff. Mein Vater als einer der ersten. Ich war hier, um zu lernen, um seine Bewegungen zu beobachten und mich mit dem Unvorhergesehenen vertraut zu machen, doch sehr bald verwandelte sich die Szene in ein dunkles Inferno aus Körpern und Scheiße, ein unentwirrbares Chaos aus Schlägen, Schreien und Flüchen. Ich war wie erstarrt, betäubt von dem Gestank, dem Trompeten der Elefanten, dem Terror, und ich betete zu Gott, er möge Erbarmen mit uns haben.

Und wirklich kam es mir wie ein Wunder vor, als ich aus dem Getümmel die Antennen meines Vaters auftauchen sah. Er schleppte sich mühsam voran, hielt eine schöne Kugel umklammert, die dicker war als er selbst. Sie hatte nicht die Quantität, die es ihm ermöglicht hätte, mir einen Bruder zu schenken, doch genug Kalorien, um bis zur nächsten Schlacht durchzukommen. Er machte mir ein Zeichen mit den Deckflügeln, er war erschöpft und angeschlagen, doch die Mundwerkzeuge verzogen sich zu einer Grimasse der Vorfreude. Seine Heiterkeit war allerdings nur von kurzer Dauer, weil plötzlich unter einem Blatt zwei finstere Kerle auftauchten und auf ihn einzuprügeln begannen. Sie warfen ihn um und nahmen sich die Pille. Mein Vater griff erneut an, und die anderen schlugen ihn wieder. Ich eilte ihm zur Hilfe, doch ich hatte noch nicht richtig gelernt, wie man pumpt, um den Stoffwechsel auf Hochtouren zu bringen, und so endete auch ich geschlagen und mit dem Bauch in der Luft. Als ich wieder zu Bewußtsein kam, sah ich, daß von meinem Vater nur ein paar verstreute Fragmente geblieben waren. In der Ferne entdeckte ich seine Peiniger, die sich mit der Beute davonmachten. Zusammen mit meiner Mutter, die sich eilig dem Zug der Sieger angeschlossen hatte.

Von jenem Tag an war Pumpen kein Problem mehr. Ich stand allein gegen alle. In dieser gottlosen Welt hatte nur eine einzige Sache Wert: die Substanz. Auf sie allein setzte ich meine Hoffnung. Ich begann, den Sinn des Lebens nach Gramm zu beurteilen.

Ich schloß mich einer Jugendbande an, die die Alten und Schwachen zusammenschlug und ausraubte. Ich beteiligte mich an jeder Art von Verbrechen. Das ist das Gesetz des Stärkeren, sagte ich mir, und ich habe es nicht erfunden. Doch auch zwei einem Familienvater geraubte Pillen konnten meine grenzenlose Besitzgier nicht stillen. Ich beschloß also, den Reichtum direkt an der Quelle zu suchen, aus der er hervorkam, und begann mich an das Fell der produzierenden Tiere anzuklammern und mich von ihnen tragen zu lassen. So sparte ich Energie, und wenn sie eine Ladung losließen, war ich immer der erste. Trug der Wind den Geruch in eine tote Gegend wie eine Wasseroberfläche, mochte auch einmal eine halbe Stunde vergehen, bevor das Gedränge einsetzte. Es war eine harte Arbeit, doch sie lohnte sich, und bald schon hatte ich das nötige Kapital beisammen, um mich selbständig zu machen, andere anzustellen und mich mit einer privaten Miliz zu umgeben. Nach kurzer Zeit stand ich an der Spitze einer Organisation, die hektargroße Savannengebiete beherrschte, die Exklusivrechte auf etliche Herden hatte und außerdem die Devisenkurse kontrollierte, den Aktienmarkt und den Fluß der Spareinlagen. Im Laufe einer Saison hatte ich ein Vermögen angesammelt, das sich in Doppelzentnern von Substanz maß, ein guter Teil davon flüssig.

Ich wurde das bewunderte und beneidete Erfolgsinsekt, dem man den Respekt und die Schmeichelei entgegenbrachte, die eigentlich der SACHE selbst vorbehalten waren. Ich dachte, mehr Glück könne einem Käfer nicht zuteil werden. Doch ich sollte eines Besseren belehrt werden.

Ich erblickte sie in der Korolla einer Orchidee. Ihr Exoskelett hatte die Farbe des Morgenrots, ihr Halsschild war ein Flirren goldener Reflexe, eine kleine Sonne, gefangen zwischen den Blütenblättern. Was soll ich euch über sie sagen? Ihre Schönheit war adephag und polyphag zugleich. Jeder Teil ihres Körpers, Epimeron, Episternum, Pronotum, Mesanotum, Metanotum, Urit, Stigma und Scutellum, war für meine Ozellen Qual und Entzücken zugleich. Sie war die Käferkönigin, und ich konnte nicht mehr ohne sie leben. Endlich hatte die Liebe ein Gesicht und einen Namen: Ljuba.

Ich dachte zuerst daran, ihr ein Bouquet hochwertiger Währungen zukommen zu lassen, doch dann erschien mir dies wenig ratsam. Nicht mit meinem Reichtum wollte ich ihr Herz erobern. Sie war gerade erst mit dem Monsun gekommen und wußte nichts über mich. Sie sprach gern über Blumen, Bäume, Harze, Früchte, eine seltene Vorliebe für eine Skarabäin. Sie konnte sich stundenlang unterhalten, ohne auch nur einmal die braune Substanz zu erwähnen. Ach, was war ihre Gesellschaft erfrischend! Sie war fasziniert von allem, was süß, duftend, bunt war, und diese ihre Leidenschaft war so ansteckend, daß mir mein Leben zum ersten Mal als ein Abenteuer voller Wunder und Geheimnisse vorkam und die Welt als ein vollkommener Ort, wo man das Fest der Harmonie zwischen Insekten und Schöpfung feiert.

Ich sagte ihr, daß ich sie liebte.

»Du gefällst mir auch, Visko. Ich möchte deine Gefährtin sein.«

»Willst du damit sagen, ich gefalle dir als das, was ich bin, als Insekt, und dich interessiert nicht, wieviel ich besitze?«

»Ja natürlich. Was für eine Bedeutung hat das denn schon?«

Ich fühlte, wie ich dahinschmolz. War dies Traum oder Wirklichkeit? Hatten auch Käfer ein Herz? Wir trafen die Vorbereitungen für den Hochzeitsflug, und nie – ich meine: wirklich nie – bat sie mich um ein Geschenk oder auch nur darum, sie zu ernähren. Als ich schließlich ganz und gar von ihrer Aufrichtigkeit überzeugt war, beschloß ich, ihr die Belohnung zu geben, die sie verdient hatte, und führte sie in eine von meinen Besitzungen, ein zehn Quadratmeter großes Mistbecken, ringsum von meiner Miliz bewacht.

»Das gehört alles mir«, verkündete ich. »Und dies ist nur ein Teil von meinen Besitztümern, ein Reich, das sich von hier bis zum Viktoriasee erstreckt.«

»Du machst Witze.«

»Ganz und gar nicht, schau nur.« Ich sprang kopfüber in meinen Besitz. »Komm, das gehört jetzt auch dir!«

Ljuba schien ihren Ozellen nicht zu trauen. »Du willst, daß ich… da rein komme?« stammelte sie.

»Gewiß. Ich verstehe deine Zurückhaltung, meine Liebe, aber schließlich sind wir doch Mistkäfer.«

»Wenn das ein Witz sein soll, dann ist er schlecht, Visko. Ich bin eine Melolontha, ein Rassemaikäfer! Noch nie hat mich jemand Skarabäin genannt.«

»Maikäfer? Ich verstehe den Unterschied nicht.«

»Das sehe ich, daß du den nicht verstehst. Skarabäen sind ekelhafte Tiere mit dunklem Rückenschild, die unaussprechliche Dinge fressen. Wir Maikäfer dagegen haben leuchtende Farben und ernähren uns von Blütenstaub, duftenden Harzen und Zuckerwerk. Wir können stundenlang fliegen, und wir lieben die Poesie, den Tanz, gute Gesellschaft und vor allem Reinlichkeit, Visko. Ich versichere dir, daß ich bis heute noch nie einen dicken Maikäfer wie dich gesehen habe, der sich in Scheiße wälzt. Und jetzt gehe ich. Dieser Ort stinkt, und du ekelst mich an.«

Sie hatte genug gepumpt, um den Ozean überfliegen zu können. Wahrscheinlich würde ich sie nie mehr wiedersehen.

Ich war allein zurückgeblieben, die Palpen ausgestreckt, in dem Versuch, etwas zu verstehen. Ich ein Maikäfer? Und meine Eltern? Mag sein, daß sie deshalb so anders aussahen als ich. Vielleicht hatten sie vergessen, wohin sie das Ei gelegt hatten. Vielleicht waren sie es leid gewesen, allein zu sein. Mein Gott! Möglicherweise... Ich war vollkommen durcheinander. Wer war ich? Wieso badete ich in diesem Zeug? Ich mußte mich aus der Scheiße ziehen, Ljuba hinterher, ihr erklären, wie die Dinge standen, und mir mit ihr eine saubere Existenz aufbauen. Los, Visko, beweg dich, sagte ich zu mir. Und doch gelang es mir nicht zu pumpen, genügend Ekel aufzubringen, um meinen Stoffwechsel aufzuladen und zu fliegen. Zu groß war die Lust an diesem balsamischen Bad, der Wohlgeruch dieser Miasmen, die Befriedigung zu sehen, wie sich der Pöbel, nicht nur Coleoptera, sondern auch Trichoptera, Strepsiptera und Aphaniptera, am Rande drängte, um mir zuzuschauen und zu träumen. Einen Augenblick lang meinte ich sogar, das Integument meines alten Vaters zwischen ihnen zu entdecken und ihn zittern zu sehen. Er zitterte vor Stolz, weil er sah, daß sein Sohn es geschafft hatte, daß er drinsteckte, lieber Gott, daß er bis zum Hals drinsteckte.

# Schöne Schweinerei,
# Viskovitz

Als Schwein wird man geboren, und wir Viskovitz' waren schon seit Millionen Jahren Schweine. Doch es war nicht immer leicht, sich daran zu erinnern. Dort, wo wir lebten, in einem Dorf von Hmong-Nomaden in Südchina, wohnten alle unter einem Dach: Männer, Frauen und Schweine. Nicht umsonst bedeutete das Ideogramm *jia* (ein Schwein unter einem Dach) »Familie«. So wertvoll waren wir für diese Menschen, daß die Frauen den Ferkeln die Brust gaben, wenn keine Sau da war.

All dies richtete eine gewisse Verwirrung in den Köpfen von uns Schweinen an.

Eben weil sie die Dinge klarstellen wollte, waren die letzten Worte meiner Mutter, bevor sie geschlachtet wurde: »Vergiß nie, wer du bist, mein Sohn: ein Schwein. Versuch immer Schweinereien zu essen, dich schweinisch zu benehmen und schweinische Gedanken zu haben. Achte darauf, daß dein Haus ein richtiger Schweinestall ist, und sei immer ein bequemes Schwein, wie dieses Riesenschwein von deinem Vater.«

»Ja, Mama, das verspreche ich dir«, grunzte ich schluchzend. Und dann steckte ich den Rüssel in den Trog, um den Lärm des Schlachtens nicht hören zu müssen.

Das Hinscheiden meiner Mutter, gesegnet sei diese Sau, hinterließ bei mir eine nicht zu füllende Leere und markierte den Anfang einer Kette unheilvoller Ereignisse.

Die Feiern zum *chun jiè*, dem chinesischen Neujahrstag, hatten begonnen, das Jahr des Drachen wich dem Jahr der Schlange. Es waren Tage der Freude für die Menschen und Tage der Trauer für die Schweine. Doch auch für uns gab es glückliche Momente, geselliges Beisammensein und Lustbarkeiten. Die Bewohner der Nachbardörfer trafen sich zu den Glückstänzen, den Riten vom Säen und Tauschen, und bei dieser Gelegenheit wurden Werbungen gemacht und Ehen geschlossen. Damit die Hochzeit stattfinden konnte, waren wir Schweine notwendig.

Damals heiratete ein Mädchen aus unserer Hütte einen Jungen aus dem Nachbardorf. Als Brautgeschenk hatte er zwei Milchferkel und eine Sau mitgebracht. Das mochte nichts Besonderes scheinen – aber nur, wenn man die Sau nicht gesehen hatte. Was mich anging, hatte ich während der ganzen Hochzeit nur für sie Augen. Sie war eine fette und großärschige Schönheit, mit heller Schwarte und vorstehendem Rüssel. Der feine Sauduft und das Ringelschwänzchen sprachen süß zu den schweinischsten Teilen meines Herzens. Als sie vortrat, warf sie sich in die Brust und wiegte sich in den Hüften. Man begriff sofort, daß sie sich als Königin der Schweinewelt fühlte.

»Ich bin Lju-ba«, quiekte sie. »Das bedeutet in unserem Dialekt ›Perle unter den Schweinen‹«. Bei meiner Mutter! Was für eine feine Sau!

»Ich bin Viskovitz«, grunzte ich.

»Und das bedeutet?«

»Nichts. Ich bin ein schmutziges Schwein, das Viskovitz heißt, mein süßes Säulein… Komm her… Weißt du, daß du wirklich einen schönen Rüssel hast?«

»Rüssel? Ein schönes Antlitz, wollt Ihr sagen.«

»Gewiß, gewiß …« Ich hatte begonnen, ihr mit meiner dicken Lippe die Schwarte zu massieren, und sie hätte alles sagen können, was sie wollte. »Und du hast auch eine wunderbare Schwarte.«

»Eine schöne Fleischfarbe, meint Ihr sicher.«

»Gewiß, gewiß …« Grunzend und sabbernd umklammerte ich ihren Rücken. »Ah, was für schöne Schinken … ich meine, Gliedmaßen, gnädiges Säulein …«

An diesem Punkt fuhr sie herum und versetzte mir mit den Eckzähnen einen solchen Hieb, daß ich alle zehn *tien gan* des Mondjahres sah.

»Für wen hältst du mich, für eine deiner kleinen Hurensäue?«

»Ich sehe sonst keine Eber in diesem Schweinestall.«

»Ich gehöre niemandem, wenn nicht meiner Seele *(lu wu)*, die mit der Lehre der Acht Unsterblichen *(Ba Xian)* und der Fünfhundert Heiligen *(Luo Han)* genährt wurde, meinem Geist *(fu)*, den ich in der Praktik des Qui Gong und der Achtung der Fünf Regeln *(Wu Xing)* gebildet habe, meiner Würde *(kun)* und meinem Leben *(lin)*, das im Dienste des Guten und der Schweinität steht.« Ich konnte mich nicht regen, ich war wie zu Wurst geworden. Was sagt man zu einem Schwein, das von der Schweinität spricht?

Sie zeigte mit ihren zierlichen Eckzähnen auf die Menschen, auf die Braut und den Bräutigam, die tanzten.

»Schau, mit welcher Aufmerksamkeit die Männer ihre Frauen behandeln. Bin ich vielleicht weniger als sie?«

»Nein, wirklich nicht.«

»Vergiß die Zeremonie des Frisierens *(shan tou)*, vergiß das Glückshoroskop *(ba zi)*, doch wenigstens einen Tanz will ich am Tage meiner *jie hun* tanzen.«

Ich sah mir die Tänzer an. Der Rhythmus schien nicht schwierig, ein eher monotoner Viervierteltakt.

»Ich würde alles darum geben, mit ihnen zu tanzen, alles, Viskovitz.«

Und so kam es, Mami, daß ich, wenn auch von den schweinischsten Absichten getrieben, den ersten großen Fehler meines Lebens beging.

Ich tänzelte auf die düstere Szene meiner Verdammnis zu. Unter den verblüfften Blicken der Borstentiere und anderen Anwesenden bahnten Lju-ba und ich uns einen Weg durch die Tänzer, und mit wiegenden Hüften, auf den Hinterbeinen balancierend, ließen wir uns vom sanften Swing der Musik tragen. Der Rausch der Töne und die Wolken von Opium verleiteten mich, die gewagtesten Schritte zu improvisieren, und bald stahlen Lju-ba und ich allen die Schau, und man applaudierte uns. Wir wirbelten herum, sprangen und drehten Pirouetten, bis wir schließlich wieder Wange an Wange tanzten. Als mir endlich klarwurde, wie lächerlich ich wirkte, da war es schon zu spät. Bei solchen Festen waren immer Opium- und Jadehändler anwesend, bereit, alles zu kaufen, was Profit versprach. Einer von ihnen wollte auf unsere Kosten verdienen.

Wir wurden an einen Zirkus in Shanghai verkauft, und so begann ein langer, demütigender Leidensweg. Meine Liebe zu Lju-ba wurde zum Thema einer Clownsnummer, die sich zu einer echten Supershow mit zwölf Schweinen auswuchs. Es gab die Nummer mit dem Schweinedompteur, mit den Schweinen am Trapez und den Schweinen auf Rädern, doch vor allem das große Tanzfinale, eine beeindruckende Choreographie mit Schweinen im weißen Tutu, bei der ich im engen blauen

Trikot und Lju-ba im rosa Tutu zu einer Sonate von Strauss auftraten.

Wir Eber wurden alle kastriert.

An diesem Punkt war es wirklich schwierig, sich wie ein echtes Schwein zu fühlen, Mami. Verzweifelt versuchte ich, mich im Dreck zu wälzen, die schmutzigsten Obszönitäten zu grunzen, doch es war nicht mehr das gleiche. Jeden Abend, wenn ich Lju-ba im Scheinwerferlicht umarmte, suchte ich eher die Gemeinschaft der Seelen als den Kontakt der Schwarten. Doch in ihren Augen las ich nur Ekel vor diesem fetten, kastrierten Hanswurst. Das Publikum spendete also meinen Tränen und der feierlichen Tragik meiner rhythmischen Darbietung Beifall. Für mich wurde der Augenblick immer wichtiger, wenn ich mich verbeugte, um den Applaus des Publikums entgegenzunehmen, und in der neuen Lust der Eitelkeit den Triumph meiner Niederlage feierte.

Doch die Demütigungen waren noch nicht zu Ende. Eines Tages, auf einer Japantournee, suchte mich eine bejahrte amerikanische Geschäftsfrau in der Garderobe auf, machte mir Komplimente, nahm sich die Freiheit heraus, mich zu streicheln, und erwarb meine Person für einhundertzwanzigtausend Dollar, wie ich erfuhr; soweit ich weiß, die höchste Summe, die je für ein Schwein gezahlt worden ist.

Ich flog mit ihr nach Dallas und dann weiter in einem Privathubschrauber zu ihrer Villa in Amarillo. Das liederliche Verhalten der Alten hatte mich zuerst mutmaßen lassen, sie wolle irgendeine extravagante erotische Lust befriedigen. Doch dem war nicht so. Und meine Herrin gehörte auch nicht einem Wohltätigkeitsverein für Schweine an.

Die Alte hatte eine Schwester, die vor kurzem den letzten Schnaufer getan und ein Testament hinterlassen hatte, in dem ungefähr folgendes stand: »Ich hinterlasse all mein Hab und Gut diesem Schwein von Adrian J. Stinson, dem einzigen, mit dem ich mich je amüsiert habe, weil man glaubt, es ist Tango, wenn man mit ihm einen Foxtrott tanzt.«

Da der arme Mr. Stinson schon in einem Altersheim verstorben war, stellten die Anwälte der Alten es so hin, daß ich dieses »Schwein von Adrian J. Stinson« und damit der Alleinerbe sei, so daß das Geld dann in den Taschen der Alten landete. Es handelte sich um einen schmutzigen Trick, um eine veritable Schweinerei, und deshalb beteiligte ich mich gerne an der Inszenierung. Es war für mich nicht schwer zu beweisen, daß nur ich »dieses Schwein« sein konnte, auch wenn es nicht leichtfiel, den Paso doble zu dieser Art Mazurka auszuführen. Die Gewieftheit der Anwälte und die Macht der Alten taten ein übriges. *(»Lawyers these days can turn a case every which way they want, piggy.«)*

So kam es, daß ich Besitzer eines der größten Vermögen in Amerika wurde. Von da an kam ich immer mehr herunter. Ich begann, meinen Kummer in Champagner zu ertränken, kubanische Zigarren zu kauen, mit albernen Filmsternchen und machtgierigen, korrupten Politikern zu verkehren. Bis ich eines Tages bei einem Empfang zu meinen Ehren, als ich mich einer Platte mit Schinkenröllchen gegenüber sah, beschloß, Schluß zu machen. Ich unternahm den erfolglosen Versuch, mich mit meiner Krawatte an einem Kronleuchter aufzuhängen, fand dann aber schließlich eine Möglichkeit, aus dem Fenster zu springen. Doch das Unglück wollte es, daß ich wie ein

Ball von einer Plane abprallte und auf einem Tisch mit Wassermelonen landete. So brach ich mir zwar die Knochen, machte aber meinem Elend kein Ende.

Durch den Zwischenfall wurde ich erst richtig populär, und nun ziehe ich von einem Fernsehsender zum nächsten, lanciere neue Produktlinien und posiere für Titelbilder. Die Alte sagt, ich würde als erstes Tier zum Präsidenten der Vereinigten Staaten gewählt und an Geld für die Kampagne würde es mir auch wirklich nicht fehlen ... Was für ein Elend, Mami, und du warst so voller Vertrauen!

Das Schlimmste ist, daß gerade jetzt, wo sich dank meiner Macht die Möglichkeit abzeichnet, etwas Gutes für das Schweinsein und seine Werte zu tun, daß ich gerade jetzt eine immer perversere Anziehung verspüre, eine echte Abhängigkeit von symphonischer Musik, flämischer Malerei, weißem Flanell, französischem Käse, alten Stummfilmen, Rolls ...

Aber ich verspreche dir, Mami, ich verspreche dir, wenn ich gewählt werde ...

# Du hast deinen Weg gefunden, Viskovitz

Ich wußte schon, daß ich ein Genie war, bevor ich existierte.

Im Dunkel des Uterus, als meine Geschwister noch formlose kleine Embryos waren, Wucherungen auf der Plazenta, hatte ich schon den Weg gefunden, der zum Ausgang führte, und ihn mit ein paar Wochen Vorsprung eingeschlagen. Ich wußte, daß ich für ein außergewöhnliches Leben bestimmt war, und wollte keine Zeit verlieren.

»Du, Visko«, verkündete mein Vater, »bist wahrscheinlich der intelligenteste Nager, den es je gegeben hat. In diesem Labor haben sie Jahrzehnte gearbeitet, um über einen künstlichen Selektionsprozeß ein Phänomen wie dich zu erschaffen. Dein Name, V.I.S.K.O.V.I.T.Z., ist ein Akronym für Very Intelligent Superior Kind Of Very Intelligent and Talented Zootype, darauf kannst du dir etwas einbilden.«

»Ich bin im Rahmen der Vernunft stolz darauf, Papa.«

Ich brauchte nicht lange, um allen zu beweisen, aus welchem Stoff ich gemacht war. Noch bevor ich abgestillt war, hatte ich bereits verstanden, daß ich mit Säuren und unter der Verwendung von Lab aus der Muttermilch eine Molke und Käsesorten verschiedener Reifegrade herstellen konnte: Streich- und Weichkäse, Frisch-, Butter- und Rohmilchkäse. In jenen ersten Tagen hatte ich auch begonnen, mein musikalisches Talent an den Maschen des Käfigs zu erproben und interessante Studien über harmonische Sequenzen und modale Variationen zu betreiben, die am besten zu den Schmerzensschreien der Ratten in den anderen Abteilungen paßten. Und mit effektiver Kontrapunktik war es mit gelungen, ihre Dissonanzen in eine anständige Euphonie zu bringen. Als man versuchte, meine Fähigkeiten zu messen, erkannte man rasch, daß dies unmöglich war. In den Labyrinthen schlug ich nie die Sackgassen ein, und auch in den anderen plumpen Lerntests fand ich die Lösung schon heraus, bevor das Problem formuliert wurde. Womit konnten sie mich messen?

Die niedrigste Punktzahl bei diesen Tests, definiert als »Maßeinheit für Dummheit«, wurde hingegen von Zucotic erreicht, einem außerordentlich stumpfsinnigen Subjekt, das durch wiederholtes *inbreeding* der schwachsinnigsten Laborgeschlechter erzeugt worden war. Ironischerweise hatte man den Käfig dieses Kretins neben den meinen gestellt, und die Wissenschaftler schienen ihm die gleiche Aufmerksamkeit zuzuwenden, die sie mir schenkten, als sei die Dummheit eine dem Genie vergleichbare Tugend. Damit nicht genug der Seltsamkeiten. Als wir Gefährtinnen zugewiesen bekamen, die für die Paarung am geeignetsten waren, erkannte ich sofort, daß Scharfsinn und Schönheit bei Ratten nicht genetisch gekoppelt sind. Meine Partnerin, Jana, war wortgewandt, aber plump wie ein Maulwurf; Zucotics Partnerin Ljuba dagegen hatte von den oberen Nagezähnen bis zum letzten Härchen der Schwanzspitze den perfektesten Körper, den sich der phantasievollste Geist, also meiner, vorstellen konnte. Während ich geduldig zuhören mußte, wie

Jana pedantisch und spitzmäulig über nagende Fragen des Seins und die Ratio der Ratte philosofiepte, wurde im Käfig nebenan die Schönheit der Idiotie zum Fraß vorgeworfen.

Es war auch nicht so, daß ich bei den anderen Laborratten ein höheres Ansehen genoß. In unserer Gemeinschaft wurden Intelligenz und Bildung als Schuld und nicht als Verdienst betrachtet. Jene Unglücklichen hatten die Brutalität der empirischen Methode am eigenen Leibe erfahren und daher keinerlei Vertrauen in die Versprechungen der Wissenschaft und in die Vernunft im allgemeinen. Sie träumten davon, die Kloake zu erreichen, einen mythischen Ort, verkündet von einem vermeintlichen Propheten, der aus einer Latrine aufgetaucht war: ein von Dunkelheit und Verwesung gesegnetes Shangri-La, fern der Missetaten der Zivilisation und des Fortschritts, in dem sich alles in faulig-balsamischer Brühe auflöste.

In einem solchen Klima konnte der Wert, den man dem Genie beimaß, gewiß nicht groß sein. Doch ich wußte mit Sicherheit, daß mein Intellekt für ein Ziel konzipiert worden war, daß er Teil einer transzendenten Kraft war, nennt sie, wie ihr wollt: Geschichte, Gemeinschaft der mäuseähnlichen Nager, göttliche Absicht… Mein Augenblick würde kommen, ich müßte nur Geduld haben.

Und so war es.

Eines Tages gelang es Petrovic, einer von der Gentechnik erzeugten riesigen Superratte, den Zaun, der sie umgab, niederzumachen und auch die anderen Ratten der Abteilungen Chirurgie, Pharmazie und Anatomie aus dem Gefängnis zu befreien, indem er einfach die Käfige von außen öffnete. Eine klägliche Gesellschaft elend Gequälter und Deformierter begann sich auf dem Fliesenboden zu drängen. *Ab invidia* hatte niemand Lust, uns Privilegierte der Psychologischen Abteilung zu befreien. Erst später, als klarwurde, daß von diesen Dummköpfen keiner auch nur die leiseste Ahnung hatte, welcher Weg zur Kanalisation oder auf eine andere Art zur Befreiung führte, begriffen sie, daß sie sich an mich wenden mußten.

»Gelehrter V.I.S.K.O.V.I.T.Z., Herr der Labyrinthe, führe du uns«, flehten sie mich mit kriecherischer Schmeichelei an.

Die Gänge im Laboratorium waren labyrinthartig angelegt, und deshalb war klar, daß ich die auserwählte und dafür ausgebildete Ratte war, um diesen Auszug zu einem guten Ende zu bringen. Welchen anderen Sinn hätten sonst all diese Monate gehabt, die ich damit verbracht hatte, verwickelte Fragen zu entwirren, durch dunkle Wandelgänge zu rennen, abstruse Probleme zu lösen? Konnte ich mich vielleicht meiner Verantwortung entziehen und mich weigern, meinen Leuten den Weg zu weisen?

»Los!« schrie ich und ging voran. Entschlossen bog ich in den ersten Gang links und dann in den zweiten rechts ein.

Aus meiner Erfahrung mit Labyrinthen wußte ich, daß die häufigste Lösung jedes Orientierungsproblems darin bestand, den ersten Weg links und dann den zweiten Weg rechts einzuschlagen. Man brauchte kein Genie zu sein, um zu verstehen, daß dies wieder einmal die Lösung war.

Und so war es.

Nachdem wir zweimal abgebogen waren, befanden wir uns in der Latrine. Dort entdeckte ich über uns einen Knopf, der denen sehr ähnlich sah, die ich bei den Lernproben gedrückt hatte, und mir war alles klar. Nach Betätigen dieses Knopfes öffneten sich die durchfließenden Wasser wie durch ein Wunder vor meinen Leuten, und jede Ratte wurde in den Strudel ihrer Bestimmung gezogen. Wenige Minuten später planschten alle im Manna der Prophezeiung.

Meine Weggefährten sahen sich erstaunt um, hingerissen vom Zauber der Landschaft. Nach Jahren in aseptischer Umgebung und von Trinknäpfchen mit Medizin waren sie entzückt von dieser vergifteten und verdreckten Natur, den angestauten üblen Gerüchen, den Schimmelwäldern und dem ganzen Unrat. Ich verteilte meine Sekrete und nahm damit den Ort im Namen meines Volkes offiziell in Besitz. Dann setzte ich zu einer feierlichen Rede an. Ich gebrauchte einfache, der Zuhörerschaft angemessene Worte und versuchte die rechtlichen Grundlagen zu erklären, auf die ich unsere Rattengesellschaft bauen wollte. Ohne je den Begriff »Eugenik« zu benutzen, wollte ich ihnen verständlich machen, daß es für das zukünftige Wohl unseres Volkes ratsam wäre, wenn ich eine Liaison mit jeder der anwesenden Superrättinnen hätte und für uns alle eine Supernachkommenschaft zeugte, die würdig und in der Lage wäre, sich zu behaupten.

Plötzlich jedoch wurde meine Rede vom Angriff einer Horde einheimischer Ratten unterbrochen, der Angst und Schrecken in unseren Reihen auslöste. Die Tapfersten leisteten ehrenhaften Widerstand, doch sehr bald schon war unsere Niederlage vollkommen.

Rattenrasch huschte ich davon.

Es wurde schnell klar, daß dieser Ort keineswegs das Elysium war, das man uns vorgegaukelt hatte. Vielmehr herrschte hier ein barbarisches wildes Gesindel, größer noch als unsere Superratten, mit roher Gewalt und nach dem Gesetz des Zahnes, ohne irgendeine Rücksicht auf die Werte des Gerechten und Schönen. Dies schien die ausgezogenen Ratten jedoch nicht daran zu hindern, sich mit Erfolg an die neue Umgebung anzupassen. Da sie an die systematische Gewalt des Menschen gewöhnt waren, kam ihnen die Gewalt von ihresgleichen wie die Zärtlichkeit eines Liebhabers vor. Doch welchen Vorteil sollte eine sensible Seele wie ich aus dieser kaputten Gesellschaft ziehen?

Dies konnte sicherlich nicht der Endpunkt meines Wegs sein. Nicht Chaos und Verkommenheit. Ich hielt es nicht für einen Zufall, daß auch die Kloaken labyrinthisch aufgebaut waren. Und wo ein Labyrinth ist, da ist immer, wirklich immer eine Lösung, ein topischer Punkt für eine rationale Ratte. Und dann würde die Belohnung auf mich warten.

Um nicht aufzufallen, bespritzte ich mein Fell mit dunklem Schlamm und versuchte eine Miene aufzusetzen, die dumm und gewöhnlich wirkte. Dann machte ich mich auf den Weg. Ich bog in die erste links und die zweite rechts ein, dann noch einmal und noch einmal. Doch meine Anstrengungen waren vergebens. Es schien wirklich so, als hätte an diesem Ort keine Richtung mehr Sinn als eine andere, als wäre kein Fortschritt zu erreichen. Die Vernunft zu bemühen brachte keine Hilfe, in dieser Brühe konnte man keine Formen, Substanzen oder Werte erkennen, da waren nur Verkommenheit, banale Dekadenz, einfältige Eintönigkeit, Müll.

Schließlich erreichte ich einen Müllstrom mit auffallend vielen gedruckten Seiten, Heften und Einbänden. Ich versuchte, zur Quelle dieses Wissens zu gelangen, verfolgte den Weg des Kanals zu seinem Ursprung zurück – und fand mich in der Universitätsbibliothek wieder. Hier richtete ich mich ein. An jenem ruhigen Ort der Reflexion verbrachte ich ungefähr einen Monat, in vollkommener Einsamkeit, führte in jeder Hinsicht das Leben einer Leseratte, durchlief in allen Richtungen das riesige Labyrinth aus Gängen, Ideen, Theorien. In kurzer Zeit verschlang ich alle großen Werke der westlichen Kultur, ließ nur die resistentesten Einbände aus. Und doch muß ich euch gestehen, daß die Nahrung aus diesem ganzen Wissen alles in allem nur trocken und papieren war.

Noch immer quälten mich große Fragen. Das ganze Universum schien nichts anderes als eine unendliche Reihe von Labyrinthen, die in anderen Labyrinthen, Leitungen, Gängen, Kanälen, Straßen mündeten. Wie lange würde ich noch gehen müssen, bis ich den Ausgang fand? Alle Wege schienen gleich, kehrten zu sich selbst zurück, hatten weder Anfang noch Richtung, noch Ziel. Ich suchte weiter und geriet nur in andere Labyrinthe: U-Bahn, Straßennetz, Wasserrohre, Klimaanlagen … Und doch war ich mir sicher: Irgendwo gab es die Befreiung aus diesem unendlichen Zyklus von Wegen und Rückwegen, den Ort, wo ich nur die Nase hineinstecken müßte, um die Offenbarung zu finden, die Befreiung, das *Summum bonum.* Noch einmal nahm ich den ersten Weg links und dann den zweiten rechts. Und dann noch einmal und noch einmal.

Schließlich gewahrte ich eines Tages, als ich mutlos durch einen Sammelkanal lief, der so dunkel wie meine Seele war, eine ungewöhnliche mausähnliche Gestalt, die von den Deckenleitungen hing. Es war ein beflügelter Nager von geheimnisvollem Äußerem, und seine Haltung war ebenso bizarr wie sein Aussehen: Er hing mit dem Kopf nach unten, mir zugewandt, und es schien so, als wollten seine aufgerissenen Augen mir einen Punkt, eine Richtung weisen. Erscheinungen dieser Art haben immer eine *raison d'être*. Ich begab mich also in die gleiche Stellung wie er, beobachtete und überlegte. Dank dieser vollkommenen Umkehrung der Perspektive und dem besseren Blutfluß wurde mir die Lösung gleich geoffenbart. Ihre Eleganz war evident: Es würde genügen, von jenem *präzisen* Punkt wiederum die erste links und die zweite rechts zu nehmen, die erste links und die zweite rechts, die erste links und die zweite rechts… bis zum Bestimmungsort, dem *topos*.

Und so war es.

Es war nur eine Frage der Zeit: wie vorausgesehen erreichte ich den Ausgang. Ich verfolgte diesen Weg, bis mich helles Licht blendete…

Trotz dieser Helligkeit fand ich ganz leicht den Eingang zur Abteilung.

»Von der Plakette am Hals her müßte es eine von unseren sein«, meinte ein Forscher, »doch die Daten sind unleserlich.«

»Dann macht neue Tests.«

So kam es, daß ich wieder ziemlich nahe an den Punkt zurückkehrte, von dem aus ich aufgebrochen war. In den Käfig nebenan.

Ich mußte nicht lange warten, bis die große Belohnung ihren Einzug hielt. Ihr Fell und ihre Augen leuchteten wie die Offenbarung, blendeten wie die Erkenntnis. Ljuba trippelte mit kleinen Schritten auf mich zu, schwänzelte, wand jedes Haar ihres geschmeidigen Körpers und hielt dann zögernd inne. Ah, wie war sie schön! Sie war verführerisch wie eine Intuition, verwirrend wie eine Antiphrase, scheu wie die Wahrheit. Dumm wie ein Gedicht.

»Ich bin V.I.S.K.O.V.I.T.Z.«, erklärte ich ihr.

Und was hat sie gesagt, Viskovitz?

Mit Ljuba war es Liebe auf den ersten Blick. Sie war die schönste Papageiin der Karibik. Also ging ich zu ihr, ohne darüber nachzudenken. Ohne Umschweife sah ich ihr in die Augen und sagte:

»Ich liebe dich.«

»Ich liebe dich«, antwortete sie mir. Dies war der Beginn einer großen Leidenschaft. Der ganze Dschungel war unser Liebesnest, das wahnsinnige Feuer der Jugend brannte uns unter den Federn, und der Himmel über uns war fast nicht weit genug dafür. Wir sangen, wir tanzten, wir liebten uns im Rhythmus der Rumba, des Mambo, der Konga und der Merengue. Dann, eines Tages, entschloß ich mich, sie zu fragen:

»Willst du mich heiraten?«

»Willst du mich heiraten?« gab sie zurück.

»Gewiß, mein Schatz.«

»Gewiß, mein Schatz«, antwortete sie.

So baute ich das schönste Nest des Archipels, und wir verbrachten darin unsere Flitterwochen. Ich hielt sie ganz fest, als ich zu ihr sagte:

»Ich hätte so gerne Junge.«

Sie antwortete mir, daß auch sie welche wolle. Wir bekamen zwei, kleine Schätzchen: nie ein Widerwort, nie ungehorsam, immer bereit, unsere Zuneigung zu erwidern.

Was konnte man mehr vom Leben erwarten?

Etwas Unvorhergesehenes. Und so begann ich, jene andere Papageiin zu sehen. Eines Tages beichtete ich es Ljuba.

»Ich habe eine Geliebte«, sagte ich zu ihr.

»Ich habe eine Geliebte«, entgegnete sie.

»Sie heißt Lara«, fuhr ich fort.

»Sie heißt Lara«, gestand sie mir.

Was soll ich euch sagen? Ich war wie versteinert. Meine Frau mit meiner Geliebten. Wenn man so wollte, mochte es fast eine gute Nachricht scheinen, doch es wurde schnell klar, daß dieses Dreieck keine Zukunft hatte. Also ging ich zu Lara und sagte zu ihr:

»Entscheide dich: ich oder sie.«

»Sie«, antwortete sie.

Dann ging ich zu Ljuba und stellte auch sie vor die Alternative:

»Entweder ich oder sie!«

»Sie!«

»Zum Teufel mit dir!« sagte ich.

»Zum Teufel mit dir!« gab sie schlagfertig zurück.

Ich hatte es satt, mich von immer gleichen Antworten foppen zu lassen. War es möglich, daß das Leben nach so oberflächlichen Mustern verlief? Wie konnte man so weitermachen? In meiner Verzweiflung beschloß ich, den Rat eines erleuchteten Geistes zu suchen, eines Papageien, der sich als Weisheitslehrer und spiritueller Führer Ruhm erworben hatte.

»Meister«, platzte ich heraus, »was können wir tun, um weniger erwartbare Antworten zu erhalten, um diesem Trott zu entfliehen, dieser Mittelmäßigkeit? Sagen Sie mir, Meister, was sollen wir tun?«

»Tun«, antwortete der Meister.

# Je weniger du sagst, desto besser, Viskovitz

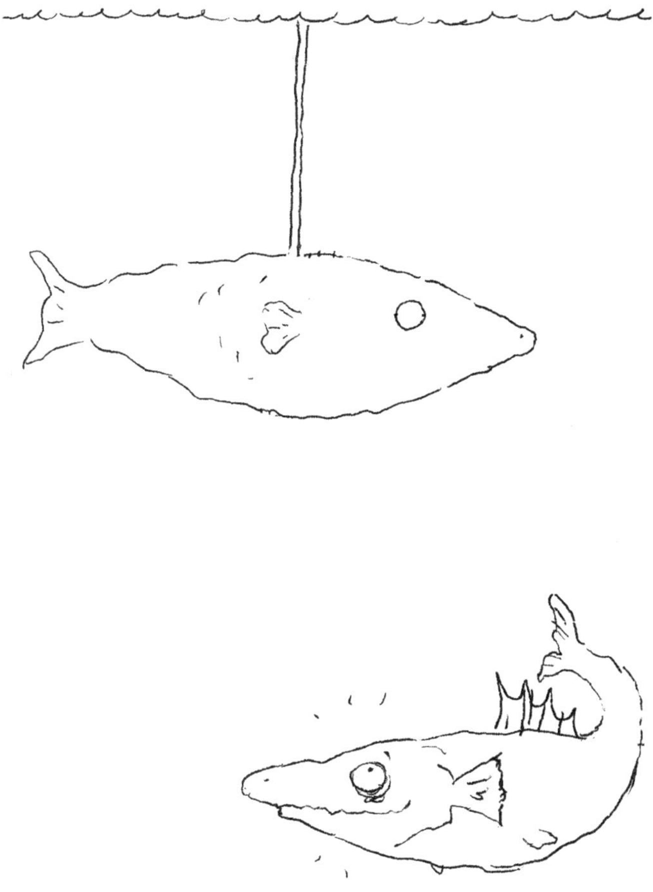

Unser Leitfisch, der auch unser Lehrer war, sagte immer: »Einen anständigen Fisch erkennt man an seiner Sprache. Er ist nie vulgär, schaut dir, wenn er spricht, wenigstens in ein Auge, und vor allem sagt er immer die Wahrheit…«

Er sagte uns das, indem er lange, komplizierte Schwimmbewegungen ausführte und dabei die Schlagrhythmen von Schwanz und Rückenflosse abwechselte, denn der Tanz ist für viele von uns Fischen die einzige Möglichkeit zu kommunizieren. Eine Sprache, die für die Ungeduldigen und Kurzatmigen ungeeignet ist. Dann suchte er mein Auge und fügte unweigerlich hinzu: »Viskovitz, kannst du wiederholen, was ich gesagt habe?«

Auf diese Frage antwortete ich mit Schweigen.

Das Leben hatte mich schon gelehrt, daß die einzige Möglichkeit für einen Fisch, die Wahrheit zu sagen, und sie wohlerzogen zu sagen, das Schweigen ist. Und ich war ein gesitteter Fisch. Ich will versuchen, mich besser verständlich zu machen.

Wenn du dich für das Wort »hydroelektrisch« sechsmal im Wasser auf und ab bewegen und die Afterflosse mit einer Kieme berühren mußt, ist es fischlich unmöglich, daß du den Blick auf deinen Gesprächspartner gerichtet halten kannst, und es ist auch wenig wahrscheinlich, daß er versteht, was du ausdrücken willst. Vielleicht versteht er »Aal« und ist beleidigt. Daran ist niemand schuld, daran ist die Sprache schuld, denn durch sie entstehen alle Probleme, die wir Fische haben. Nimm nur einmal meinen Namen: Viskovitz. Man braucht ungefähr zehn Minuten, um ihn korrekt auszusprechen, und ich habe mir angewöhnt, ihn nur noch als Übung im Diätprogramm einzusetzen, auch weil er leicht mißverstanden werden kann, etwa als »Klar, wenn deine Cousine auch einverstanden ist«, oder »Küß mich, Nymphe«, oder auch als etwas wie »Eine mathematische Reihe ist vollständig, wenn jeder Ausdruck die Grenze einer Progression oder Regression ist und jede in der Reihe enthaltene Progression und Regression in der Reihe selbst begrenzt ist.«

Die Verwirrung wächst noch dadurch, daß es so viele Sprachen wie Schwärme gibt und so viele Dialekte wie Fische. Das macht nicht nur das Sprechen schwierig, sondern das Schweigen ebenso. Auch eine einfache Sache wie das Verschlingen eines Tintenfischs kann mißverstanden werden. Jemand könnte eine Metapher darin sehen: In einigen Kulturen stellt die dunkle Sepiafarbe das »Böse« dar, die »Täuschung«, das »Trügerische des Lebens«; der Knochen dagegen die »Seele«, die »Reinheit«. Deshalb esse ich nur Heringe und vertilge sie am liebsten weit weg von den Schwärmen.

Die Ursache der ganzen kulturellen Zersplitterung, die wir in den Meeren feststellen, ist die Schwierigkeit, einem Fisch eine Sprache beizubringen. Ich will mich verständlicher machen. Wenn du einem Fisch mit dem Maul eine Seezunge zeigst und dann mit deinem Körper im Wasser ein S beschreibst, versteht er normalerweise, daß dieses S Seezunge bedeuten soll. Das gleiche kannst du mit einem Hering, einer Grundel oder einem Meerpfaff tun. Aber versuche einmal, mit diesem System einem Fisch »Inkommensurabilität« oder »Klassik« oder einfach nur »Wahrheit« zu erklären. Der Fisch schwört dir, daß er es begriffen hat, aber du kannst sicher sein, er hat »Ebbe« oder »Taucher« oder »Bläschen« verstanden.

Meine Jungen fragten mich immer: »Papa, wo kommen die kleinen Fische her?«

Auf diese Frage antwortete ich mit Schweigen.

Manche rühmen sich damit, in tückischen Klippen wie diesen die richtigen Worte zu finden und einen natürlichen Ton anzuschlagen. Leichter getan als gesagt.

Damit meine ich, daß ich nicht einmal im Traum daran dachte, bestimmte Dinge zu erklären. Das hätte ja Monate gedauert. Ich nahm einfach das erste willige Weibchen, das vorbeikam, und zeigte, wie es geht. Auch wenn ich schon eine vielköpfige Familie hatte. Denn bei uns Fischen ist Sex niemals etwas peinlich Intimes oder Gewagtes: Das Weibchen legt die Eier in das Nest, und wir befruchten sie, ohne das Weibchen auch nur zu berühren. Uns genügt es, ihre Farbe zu betrachten und das Ballett zu genießen, das sie vor uns aufführt. In Wirklichkeit muß nicht einmal ein Weibchen dasein. Vom Menschen durchgeführte Untersuchungen haben gezeigt, daß das Bild eines Weibchens auf einer Pappattrappe genügt, damit wir die Eier befruchten. Auch wenn in Wirklichkeit keine Eier da sind. Nicht nur das. Wir betreiben auch weiter Brutpflege an nicht existenten Eiern und fächeln ihnen mit dem Schwanz Sauerstoff zu. Aber gebt acht, das bedeutet nicht, daß wir blöde sind! Das bedeutet, daß die Natur im Zweifel lieber zuviel als zuwenig tut. Wenn Sex und Fortpflanzung nicht einem angeborenen Code folgen, sondern Mißverständnissen der Fischsprache ausgesetzt würden, dann würde der Fisch denken, daß es um kubanische Tänze geht, oder was weiß ich. Natürlich gibt es auch Extremfälle wie den von Zucotic, der den inexistenten Jungen sogar Namen gibt und eine Erziehung zukommen läßt. Aber das ist wirklich ein Grenzfall.

Bei den eigenen Jungen jedoch gehört es zum guten Ton, sowenig wie möglich zu kommunizieren und sich auf einfache Regeln zu beschränken: »Sagt nichts Vulgäres – schneller getan als gesagt«, oder: »Lügt nicht – ihr riskiert, die Wahrheit zu sagen«, oder: »Sagt nie: ›Achtung, Freund, ein Köder‹ – ihr findet schneller einen neuen Freund.«

Meine Gefährtinnen hatten die schlechte Angewohnheit zu fragen: »Liebst du mich, Viskovitz?«

Auf diese Frage antwortete ich mit Schweigen.

Auch weil man nie sicher ist, ob man die Frage wirklich richtig verstanden hat. Wenn sie dir ein Walroß oder ein Polyp stellt, kannst du es durch den Kontext ausschließen. Aber auch wenn eine Mutter deiner Kinder spricht, läßt du dich besser nicht auf eine präzise Antwort ein, denn wenn sich eine, die aus einem anderen Schwarm kommt, mit dir gepaart hat, bedeutet »Liebe« für sie mit Sicherheit etwas anderes, vielleicht »die Schwimmblase kratzen«, oder was weiß ich. Und genauso kann es sein, daß sie, wenn sie dich bittet, sie zu kratzen, in Wirklichkeit viel mehr von dir will, und deshalb ist es besser, keine Verpflichtungen einzugehen.

Nimm zum Beispiel Lara, meine erste Frau. Sie kam aus einem anderen Atoll, und als wir uns kennenlernten, verstand sie mich nicht einmal, wenn ich »Sardine« sagte. Also mußte ich ihr alles ganz von vorne beibringen, angefangen bei Begriffen wie »gut« und »böse«, »Fisch« und »Krustentier«. Darauf aufbauend haben wir uns mit den neuesten idiomatischen Wendungen und mit archaischen Ausdrücken beschäftigt, die nur noch einen poetischen Wert haben. Eines Tages, nachdem wir schon ein Jahr verheiratet waren, sagte ich zu ihr, nur um Konversation zu machen: »In unserem Schwarm gibt es einen gewissen Zucotic, der an Seekrankheit leidet, kannst du dir das vorstellen?«

Worauf sie antwortete: »Yogaunterricht? Ich glaube nicht, daß dir das guttut.«

Perplex versuchte ich das Thema zu wechseln und wagte eine harmlose Bemerkung: »Kühl heute abend, meine Liebe.«

Darauf sie: »Kaviar? Nein, ich bin gegen Abtreibung.«

Da verstand ich, daß unser ganze Liebesgeschichte ein Mißverständnis war: Ich konnte mir die vielen von Haß und die anderen von plötzlicher Liebe erfüllten Blicke erklären und jene sonderbare Geschichte von dem Großvater, der aus einer Sardinenbüchse entkommen war. Ich beschloß, daß es besser sei, wenn wir uns trennten, und um Mißverständnisse zu vermeiden, wechselte ich in fremde Gewässer.

Dann wurde ich gefangen und kam in ein Aquarium. Erst hier lief alles langsam besser. Und hier habe ich Ljuba, meine letzte Frau, kennengelernt, die verständnisvollste aller meiner Gefährtinnen und die am wenigsten zweideutige. Am Anfang hatten auch wir unsere Schwierigkeiten: Ihre makellose Schönheit machte mich ein wenig unsicher, sie schüchterte mich ein. Das haben wir dank ihrer Geduld überwunden: Mit der Zeit haben wir unseren perfekten kommunikativen Code entwickelt, der aus kleinen Zeichen und langen Pausen besteht.

Ich erinnere mich an den Tag, als sie mir ihre Seele offenbarte. Ich hatte mich ihr mit einer Pirouette genähert, wie um zu sagen: »Ich liebkose dich im Geiste. Welcher tiefe Zauber verbindet mich mit dir? Ich sehne mich nach deiner märchenhaften Haut, ich entdecke in deinem Hechtprofil das unendliche Geheimnis der Zärtlichkeit.« Sie hatte mir mit einer trägen und fast unmerklichen Bewegung des Schwanzes geantwortet, die vieles bedeuten konnte, die ich jedoch so interpretierte: »Nie zögern, mein Lieber, ich will kein ruhiges Leben, sondern sexuelle Lust und Freiheit von jeder Pflicht.« Und da tat ich etwas Ungewöhnliches für einen Fisch: Ich küßte sie.

Seit jenem Tage, seitdem ich verstanden habe, daß sie nur eine Pappattrappe ist, hat unsere Beziehung an heiterer Gelassenheit gewonnen, die Kommunikation ist weniger mühsam und der Sex phantastisch.

# Du bist mit Vorsicht zu genießen, Viskovitz

Geboren werden ist nie ein schönes Erlebnis, aber für uns war es wirklich eine schlimme Viertelstunde. Nachdem sie uns in die Welt geschleudert hatte, sah Mama uns angeekelt an und keifte los: »Verfluchte Ungeheuer, Teufelswerk, elende Kreaturen!« Dann, die Scheren gen Himmel erhoben: »Verfluche, o Mächtiger, diese schändliche Nachkommenschaft und verfluche ihren Samen, reinige die Schöpfung von ihrer Abscheulichkeit, möge der Böse Erbarmen mit ihnen haben!«

Nicht unbedingt die Art von Ermutigung, die du von einer Mutter erwartest.

Von einer Mutter erwartest du irgendeine arachnoide Form der Zuneigung, du erwartest, daß sie dich huckepack trägt, wie es die Mamas der kleinen Skorpione tun, du erwartest verdammt noch mal eine Erziehung. Nicht, daß sie auf dich spuckt, dann für immer in einer Sandwolke verschwindet und dich auf dem Wüstenboden zurückläßt, wo du dir das Postabdomen verbrennst.

Sie hatte so wenig Sinn für Familie, daß sie uns nicht einmal Namen hinterlassen hat, nur Nachnamen: Viskovitz, Zucotic, Petrovic und Lopez.

Kein Wunder, daß wir uns nicht wie Brüder fühlten und sofort beschlossen, uns zu trennen und die Zangen in entgegengesetzte Richtungen zu drehen. Petrovic ging nach Norden, Lopez nach Süden, Zucotic Richtung

Osten. Ich, Viskovitz, folgte der Straße der Sonne und machte mich auf den Weg zur Eroberung des Westens.

Und unterdessen fragte ich mich: Wie soll ich nur in einer Welt, in der man sich durchsetzen muß, ohne Familie und ohne Erziehung durchkommen?

Mama hatte uns mitten in die Mojave Wüste hineingeboren, eine der heißesten und trockensten Gegenden Nordamerikas. Die Bodentemperatur lag bei über siebzig Grad und die relative Luftfeuchtigkeit nahe Null. Eine Gegend, wo du dir keine Tränen leisten kannst.

Plötzlich spürten die Sensillen meiner acht Beine die Vibrationen eines gigantischen Tiers, das sich auf mich zubewegte und mich wahrscheinlich töten wollte.

Schade, daß es schon vorbei ist, sagte ich zu mir selbst, schade, daß meine Geburt nur Zeitverschwendung war. Wir Arachniden sind keine solchen Jammerlappen wie die Säugetiere, doch meine erste Reaktion war tatsächlich, nach dem Abdomen einer nichtexistenten Mama zu suchen und zu wimmern. Dann versuchte ich, mich aus dem Staub zu machen. Aber irgend etwas funktionierte nicht. Meine Beine trugen, statt den Anweisungen meiner Cerebralganglien zu folgen, meinen kleinen Hintern genau in die andere Richtung, also dem Selbstmord entgegen. Wie konnte ich nur so ungeschickt sein? Ich kam exakt unter der Nase des Ungeheuers heraus, und dort machte mein Körper zu meiner Überraschung plötzlich eine Reihe irrsinnig schneller Bewegungen, über die ich keinerlei Kontrolle hatte. Am Ende war der Käfer zu Boden gegangen. Ich hatte ihm meinen Schwanzstachel ins Hirn gestoßen und ihn mit dem Gift paralysiert. Er bewegte noch die Antennen, aber ich hatte schon begonnen, seine Lymphe zu trinken und seine Innereien zu verdauen.

Wer war ich bloß? Die Antwort war eindeutig: ein Räuber, eine auf Töten programmierte Bestie. Mit einem Schauder des Entsetzens wurde mir klar, daß ich keine Macht über diese Entladung konditionierter Reflexe hatte, über diese wilden Instinkte. War ich ein Monster?

Zwei Tage später, während ich noch meine Beute aussaugte, erhielt ich Besuch von einem anderen Skorpion, einem Angeber mit unverschämtem Benehmen, der mindestens fünf Zentimeter lang war.

»Ich hab's nicht gern, daß du auf meinem Land jagst, du Rotzjunge«, zischte er. »Gib den Käfer her und mach, daß du fortkommst.«

In den zwei Tagen war ich um einiges gewachsen, aber nicht genug, um mir erlauben zu können, zu einem solchen Typ unhöflich zu sein. Es war eine der Situationen, in denen man besser den Schwanz einzieht und die Palpen sinken läßt.

Ich wollte gerade antworten: »Verzeihen Sie, mein Herr, ich bin erst kurz auf der Welt und wußte nicht, daß dies Ihr Land ist, ich bitte Sie noch einmal um Entschuldigung.« Doch in Wirklichkeit sagte die Stimme, die sich zwischen meinen Zangen erhob: »Ich kann es nicht leiden, wenn man so mit mir redet, Fremder. Wir wollen doch einmal sehen, ob dein Schwanz genauso schnell ist wie deine Zunge.« Erneut gehorchte mein Körper mir nicht, und wieder überraschte ich mich selbst damit, wie ich mit schaukelnden Scheren und gewappnetem Schwanz in Kampfstellung ging. Mit den seitlichen Ozellen bemerkte ich, wie sich eine Gruppe Termiten um uns herum versammelte, um das Duell zu verfolgen. Was konnte ich machen? Nichts, nur mir selbst genauso zusehen wie diese *peones* und hoffen, daß meine Instinkte wußten, was sie taten. Mein Gegner rührte sich als erster, doch sein Schwanz war noch halb in der Luft, als ich ihm schon mein Gift einpumpte.

»Du wirst deinen Weg machen, Junge«, röchelte der Besiegte. »Wie heißt du?«

»Mein Name ist Viskovitz«, zischte ich. Ich überließ die Leiche den Aasfressern, säuberte meinen Stachel und machte mir instinktiv eine Kerbe ins erste Metamer. Donnerwetter, Viskovitz, sagte ich zu mir, Donnerwetter.

Dieses Duell war nur das erste in einer langen Reihe; eins folgte dem anderen, wann immer ein allzu dreister Skorpion sich zum Herrn des Landes erklärte, das ich betrat – und jedesmal entschied mein Schwanz es anders. Dieses sinnlose Lymphevergießen hätte sich erübrigt, wenn ich ein seßhafter Typ gewesen wäre, doch ich war ein einsamer Nomade und mußte immer weiterziehen, wohin meine Beine mich trugen. Bis es keiner mehr wagte, mir den Weg zu versperren, und ich eines Tages einen Scherenträger aus gebührender Entfernung sagen hörte: »Sieh mal da, Junge, das ist Viskovitz, der schnellste Stachel des Westens!«

Das Volk der Dünen wandte sich an mich, um Zank und Streit beizulegen. Einige wären bereit gewesen, jeden Preis zu zahlen, in Form von Beute oder Land, um meinen Beistand zu gewinnen. Mein größter Wunsch war jedoch, meinen Schwanz in den Dienst der Gerechtigkeit zu stellen, und als mich die rechtschaffenen Brüder Earp um Hilfe baten, um ihr kleines Stück Land vor dem Zugriff der steinreichen und anmaßenden Brüder Ewing zu schützen, ergriff ich gerne für sie Partei. In einer heute berühmten Episode stellte ich, nachdem ich ihre bezahlten Killer aus dem Weg geräumt hatte, die Brüder Ewing bei Bott Hill und erledigte sie alle vier auf einen Streich mit einem einzigen Scheren-, Schwanz- und Kieferschlag. Wäre dies das Ende gewesen, so könnte ich stolz auf meine Leistung sein. Doch als die vier Brüder Earp, vor Freude über den Sieg strahlend, auf mich zukamen, um mir zu danken … beseitigte ich auch sie mit einem einzigen Scheren-, Schwanz- und Kieferschlag.

Es zerriß mir das Herz, sie sterben zu sehen, und einer von ihnen sagte zu mir: »Du kannst nichts daran ändern, *scorpio*, du bist so gemacht, du bist ein *Paruroctonus maesanensis*, eine niedere Form des Lebens, die nur dank ihrer Killerinstinkte überlebt hat. Du wärst nicht so schnell, wenn du über das, was du tust, nachdenken könntest. Es genügt ein Nichts, eine Vibration innerhalb deiner kritischen Zone – und zack! schlagen deine dumpfen Reflexe zu. Es ist der Irrsinn dieses Ökosystems, dumme und unkontrollierbare Maschinen wie dich zu produzieren, Viskovitz.«

Das stimmte wirklich. Ich war ein Fremder in meinem eigenen Körper, machtlos den Automatismen meines primitiven Nervensystems ausgeliefert. Ich schwitzte eine Träne aus und verfluchte mein Schicksal. Endlich hatte ich begriffen, daß der einzige Dienst, den ich meinen Leuten erweisen konnte, darin bestand, mich einfach fernzuhalten. Deshalb hatte mich der Herrgott in der Wüste ausgesetzt: damit ich so wenig Schaden wie möglich an Seinen Geschöpfen anrichtete.

Sehr bald jedoch erreichte ich die Geschlechtsreife, und meine Beine trugen mich dorthin, wo es eine höhere Konzentration weiblicher Pheromone gab. Eines Tages fand ich reichlich davon bei einer kleinen rosa Skorpionin mit gewölbtem Präabdomen und birnenförmigem Telson. Sie hieß Lara. Als sie sah, daß ich zögerte, ermunterte sie mich: »Hab keine Angst, Visko, die Sexualpheromone hemmen den Killerinstinkt«, kicherte sie.

Also näherte ich mich ihr, bis ich sie fast berührte. Zum ersten Mal betrat ein lebendiges Wesen die kritische Zone und blieb auch lebendig. Zum ersten Mal spürte ich den Atem einer anderen Arachnide, die Wärme ihres Metabolismus. Es war ein Wunder: Meine Mörderinstinkte waren von Schönheit und Liebe gebändigt worden. Ich hatte das Bedürfnis, ihr die ganze Erregung meiner Seele mitzuteilen, die ganze Zärtlichkeit meiner Gefühle. Doch ich war zu nichts weiter als einer kurzen und groben, reflexartigen Begattung fähig, die außerdem noch danebenging.

»Tut mir leid, bei der Sache hier bin ich wohl nicht so treffsicher wie mit dem Stachel«, brummte ich.

»Das kann doch mal passieren. Wir Skorpione sind ziemlich niedere Arthropoden. Du wirst sehen, daß wir uns mit der Zeit besser verstehen.«

»Mit der Zeit? Und was passiert, wenn die sexuelle Anziehung nachläßt? Dann könnte der Mörderreflex zurückkommen.«

»Sie läßt nicht nach, du wirst schon sehen. Und außerdem glaube ich, daß dieser Mörderreflex sich mit einer Psychoanalyse heilen läßt. Ich will mit dir zusammenleben, Visko, Kinder mit dir großziehen und an deiner Seite alt werden.«

Einen Augenblick lang sah ich mein Leben in diesem neuen Licht. Ich würde ein verantwortungsvolles Familienoberhaupt sein, meinen Stachel unter Kontrolle bringen und in Harmonie mit der Gemeinschaft leben. Sonntags würde ich am Gottesdienst teilnehmen, ohne bei der Predigt irgendeinen umzubringen, und Gott würde mich segnen.

»Okay, Lara, das machen wir. Lara?« Ich dachte, sie wäre eingeschlafen. Erst später bemerkte ich, daß mein Stachel in ihrem Kopf steckte. Unsere Liebe hatte der Prüfung der Zeit nicht standgehalten. Weil ich es für meine Pflicht hielt, brachte ich die Leiche zu ihrer Familie und suchte in meinem öden Vokabular nach ein paar Worten des Beileids und der Entschuldigung, doch ich schaffte es lediglich, ihre Eltern zu massakrieren und ihre Schwester zu vergewaltigen. Soziales Leben war einfach nicht das richtige für mich.

Diese Episode war nicht die letzte Enttäuschung in meinem qualvollen Gefühlsleben. Jeder Versuch, eine stabile emotionale Beziehung zu schaffen oder eine Familie zu gründen, scheiterte. Es lief immer nach dem gleichen Drehbuch ab. Stets kam der Tag, an dem ich bei meiner Rückkehr von der Jagd meine Lieben tot vorfand, von irgendeinem Verbrecher abgeschlachtet. Also schwor ich wie üblich Rache an ihrem Grab und machte mich auf die Spur der Mörder, doch jedesmal führten diese Spuren im Kreis herum, führten zu mir: immer war ich selbst der Killer. Es gab keine Zweifel an meinen Verbrechen, und so wollte ich Rache nehmen, indem ich den Stachel über mein Haupt hob. Vergebens: Das Wort »Selbstmord« gehörte nicht zu meinem genetischen Vokabular. Mein Killerinstinkt machte sich über mich lustig. Wer würde dem Schrecken ein Ende bereiten und der Gerechtigkeit zum Sieg verhelfen?

Wir Skorpione stehen am Ende der Nahrungskette, also konnte ich nicht darauf hoffen, von einem Räuber getötet zu werden. Nur ein Schwanz, der schneller war als meiner, würde mich für meine Sünden bestrafen können. Glücklicherweise war nach all den Verbrechen, Schändungen und Bluttaten eine sehr hohe Prämie auf meinen Kopf ausgesetzt worden, und langsam ließen sich die ersten *bounty hunters* sehen. Die besten Schwänze der Gegend schlossen sich zu Bürgerwehren zusammen und machten auf mich Jagd. Während ich sie erledigte, hoffte ich jeden Tag darauf, daß wirklich einmal jemand kommen würde, der sein Handwerk verstand. Vielleicht einer meiner Brüder oder dieser Vater, den ich nie gekannt hatte und der mit der Vergewaltigung meiner Mutter diese ganze verfluchte Geschichte in Gang gesetzt hatte. Doch es war eine ganz andere Erscheinung, die ich eines Tages am Horizont auftauchen sah.

Schwarz wie Gift, lodernd wie Haß, schön wie der Tod.

Still wie eine Fata Morgana kam sie die Düne herab, wand sich wie eine Odaliske und näherte sich, indem sie die Tarsen im gleichen Schritt bewegte und die Scheren beugte, mit der Majestät einer Wüstenkönigin, der Bosheit einer fleischfressenden Fee. Fünf Längen vor mir machte sie halt, stützte die Stacheln der Palpen auf die Tarsen und richtete vier ihrer Nebenaugen auf mich.

»Mach dir nichts vor«, zischte sie. »Ich bin hier, um dich zu töten.«

Ihr Duft betäubte mich und hemmte meinen Verteidigungsreflex. Ihr Hexenzauber lähmte mich, wie das Gift die Beute vor dem Gnadenstoß ruhigstellt. Ich hatte endlich gefunden, wonach ich Ausschau gehalten hatte: meine Niederlage. Es war der Augenblick gekommen, mein Ende mit Dankbarkeit anzunehmen. Und doch war mein Wunsch zu leben nie so stark gewesen wie in diesem

Moment; nie hatte die Existenz soviel Sinn gehabt wie jetzt. Und außerdem: Wozu sollte ich sterben, wenn diese teuflische Verführerin überlebte, diese Vernichtungsmaschine, die noch mörderischer war als ich?

Dieser Gedanke flößte mir die nötige Wut ein, meinen Schwanz zu wappnen und die Kampfposition einzunehmen.

Regungslos fixierten wir uns, die Augen eiskalt und vollkommen leer, unsere Körper gänzlich jener einzigen Macht überantwortet, die wir kannten, dem Gesetz des Stachels, dem einzigen Gesetz des Westens. Es folgte eine lange Stille, unterbrochen nur vom Rascheln der Spinnen, Milben und Insekten, die sich im Kreis um uns herum versammelten, um dieses Ritual zu verfolgen, das so alt wie die Wüste ist. Unheilvoll pfiff der Wind einen *dejuello*, das Lied vom Tod.

Dann war sie da, die Vibration, auf die unsere Killerinstinkte gewartet hatten.

Unsere Körper stürzten sich aufeinander, und... verwirrt beobachteten wir, wie sie sich liebkosten, sich suchten, sich in einer zärtlichen und explosiven Umarmung vereinten.

Am peinlichsten war es nachher der Räuberin.

»Ich bin noch nie so gedemütigt worden, das ist mir noch nie passiert... Ich hasse dich, Viskovitz.«

»Du bist mir auch nicht sympathisch, aber du kannst Visko zu mir sagen.«

»Ich bin... Ljuba«, zischte sie.

In den Stunden, den Tagen, die folgten, wurde das Duell mehrmals wiederholt, immer mit dem gleichen Resultat: unentschieden. Der Sieg würde an denjenigen gehen, der den anderen zuerst satt hatte. Ljuba war überzeugt davon, daß sie diejenige sein würde, und bestieg mich immer wieder, um es mir zu beweisen, so lange, bis *ich* sie langsam satt hatte und sie schließlich mit dem Schwanz schlug, doch so kraftlos, daß es aussah wie eine Liebkosung. So ging es wochenlang weiter, bis ich eines Tages zu ihr sagte: »Ljuba, es hat sich herausgestellt, daß zwischen uns eine niedere Art der Leidenschaft besteht und wir nicht wollen, daß der andere tot ist. Es wird also besser für uns beide sein, uns zu trennen, bevor sich einer wirklich weh tut.«

»Ich glaube, du hast recht, aber was ist mit den Kleinen?«

»Die Kleinen? Die bringen wir am besten gleich nach der Geburt um.«

Ljuba brachte ein Mädchen auf die Welt, das ebenso schwarz und boshaft wie sie war, und einen Jungen, der einen ebenso unruhigen Schwanz hatte wie ich. Vielleicht war es diese Ähnlichkeit, oder es hatte irgend etwas mit dem Geruch zu tun, jedenfalls schaffte ich es tatsächlich nicht, den Schwanz auf sie niedergehen zu lassen: Jedesmal, wenn ich sie töten wollte, zwangen mich meine Reflexe, sie auf meinem Rücken herumzutragen, ihnen alte Lieder vorzusingen und mich um ihre Erziehung zu kümmern.

Jeden Morgen bei Sonnenaufgang, wenn ich beobachtete, wie Ljuba die Kleinen im Sand einbuddelte, damit sie nicht austrockneten, packte mich das Grauen. Sobald sie zum ersten Mal wimmerten, würden wir sie vermutlich töten. Und wenn wir sie enttäuschten, würden sie uns töten. Früher oder später würden ein paar Schwanzhiebe fallen.

Jeden Abend, wenn ich von der Jagd nach Hause kam,

schlug mir das Herz bis zum Hals. Ich war auf das Schlimmste gefaßt. Andere Male überraschte ich mich dabei, es mir zu wünschen, die Katastrophe herbeizusehnen.

Doch Tag für Tag, Monat für Monat ging das Leben ruhig dahin. Die Kleinen wuchsen gesund und munter heran und stachen ihre Schulkameraden ab, Ljuba und ich vergötterten uns gegenseitig und metzelten die Nachbarn nieder. Es war die reine Harmonie, und es gab keine Möglichkeit, diesem unerträglichen, unheimlichen Glück zu entkommen.

# Du hast dir einen schlechten Namen gemacht, Viskovitz

Es ist kein großer Vorteil, Viskovitz zu heißen, wenn das Wenige, das das Leben zu bieten hat, in alphabetischer Reihenfolge verteilt wird. In unserem Ameisenbau wurden wir Larven nach diesem Kriterium gefüttert. Schlechter als ich hatte es nur Zucotic getroffen.

Im Tausch gegen den Nektar wollten die Ammen unsere zuckrigen Körpersäfte. Diese Beziehungen waren kein Austausch von Gefühlen, sondern von Sekreten. Meine Drüsen begannen durch die schlechte Ernährung und die Enttäuschungen zu verkümmern, und als ich versuchte, den Hunger dadurch zu stillen, daß ich meine eigenen Exsudate aufsaugte, fand ich sie jeden Tag bitterer und saurer.

Eine Larve, die nicht genügend Sekrete absondert, ist die am meisten verachtete aller Kreaturen, das könnt ihr mir glauben. »Du bist das Letzte, Viskovitz«, sagten sie zu mir. »Einfach ekelhaft!« »Du bist eine Null.« Solche Worte taten mir weh.

»Wird Zeit, daß wir uns bewegen, Zuco«, sagte ich eines Tages. »Wir müssen handeln.«

»Handeln?« Das war ein Gedanke, den eine fuß-, flügel- und geschlechtslose Larve nicht so leicht erfassen konnte.

»Genau, das Schicksal meistern, unsere Zukunft zwischen die Tarsen nehmen.«

»Tarsen?«

»Ist nur so eine Redensart! Rundungen und Öffnungen tun es notfalls auch. Hauptsache, wir kommen in die königliche Larvenkammer. Wenn man den Nektar, den es bei denen gibt, zu sich nimmt, wird man Königin, Bruder, und regiert die ganze Welt. Mit dem Gesöff hier werden wir nicht mal geschlechtslose Arbeiterinnen. Wir bleiben unser Leben lang Larven, Zuco. Habe ich mich klar ausgedrückt?«

»Ich hätte nichts dagegen, eine Larve zu bleiben, Visko. Egal, wie es ausgehen würde, ich wäre schließlich immer eine Ameise; dann ist es doch besser, formloses Plasma zu bleiben. Und eben deshalb, glaube ich, hat das Schicksal mir diesen Platz zugewiesen und mir diesen Namen gegeben.«

Wie konnte ich mit dieser kopflosen Kreatur vernünftig reden? Ich schleppte mich zum Ausgang der Zelle, indem ich jede Faser zusammenzog und mich mit dem Mundapparat an jeden Vorsprung klammerte. Dann kroch ich mit Hilfe meiner klebrigen Körpersäfte die Wände hoch; ich war auf dem Weg nach oben, brachte die ersten Millimeter des gesellschaftlichen Aufstiegs hinter mich. Nachdem ich diese harte Gymnastik eine Woche lang betrieben hatte, erreichte ich erschöpft und halb verhungert die Zellen des oberen Stockwerks und brach dort keuchend und sterbenskrank zusammen. Mein ausgetrockneter Körper erzeugte keine Sekrete, die ich gegen Nahrung hätte tauschen können, doch ein paar Larven waren bereit, ein wenig herauszurücken, wenn ich ihnen dafür von meinen Abenteuern erzählte. Gestärkt sank ich augenblicklich in einen tiefen Schlaf und träumte von meiner ruhmreichen Metamorphose in beflügelte und königliche Formen. Doch was ich zu mir genommen hatte, war keine Königinnennahrung gewesen, und als ich wach wurde, hatte ich sechs Beine, aber keine Krone. Ich hatte ein starres Außenskelett, und meine sichelförmigen Mandibeln waren Waffen: Ich war ein Soldat.

Beim ersten Appell fühlte ich mich einigermaßen desillusioniert, als ich mich neben den Kameraden meiner Abteilung sah. Meine Mangelernährung hatte sichtbare Schäden hinterlassen: ganze Metameren meines Körpers waren verkümmert und deformiert, ich war in meiner gesamten Entwicklung zurückgeblieben. Ich war ein Gnom. Nach der Größe aufgestellt, war ich wieder der Vorletzte, zählte man das Regimentsmaskottchen mit, eine Blattlaus.

Doch die schwerste Schädigung war die Atrophie der Duftdrüsen, der wichtigsten Organe einer Ameise. Eine Ameise ohne Duft ist eine Ameise ohne Identität, ohne Ameisenbau. Sie ist die Unbedeutendste aller Kreaturen, ein Wesen ohne Sinn und Funktion, auch nach Ameisenstandard. Sie ist eine Null.

Mir wurde bald klar, daß keiner mit mir sprach oder seine Nahrung mit mir teilte. Sie bemerkten mich nur, wenn sie auf mich einschlugen, und manchmal nicht einmal das. Ein paarmal kamen sie und wollten mich beerdigen, weil sie dachten, ich wäre eine Leiche. »Visko, verdammt«, sagten sie zu mir, »wenn du schon in Friedenszeiten so klapprig bist, wie soll es dann erst im Krieg werden?!«

Doch als die Feindseligkeiten mit dem benachbarten Ameisenbau anfingen, war sofort klar, daß mich auch die Feinde nicht bemerkten. Für sie war ich nicht einmal ein Insekt, ich existierte nicht. Ach, wenn ich doch groß genug gewesen wäre, sie mit meinen Mandibeln zu erreichen! Sie gaben mir den Spitznamen »Unbekannter Soldat«. Blattläuse und Springschwänze, sogar die Bazillen lachten über mich.

Jeden Abend stopfte ich mich mit den Sekreten von Trophobionten und Symphilen voll. Hinter einem Dreckklumpen versteckt, versuchte ich dann vergeblich, Ruhe zu finden. Ich atmete geräuschvoll, um mich von meiner eigenen Existenz zu überzeugen, und betete still. Es war nicht Liebe, die ich erflehte, denn ich wußte, daß ich ein Insekt ohne Geschlecht und Hormone war. Ich erbat keine geistige Befriedigung, denn ich war Soldat. Auch nicht die Gemeinschaft mit einem fetten Gott, der Insektizide versprühte. Und sicherlich keine mondänen Vergnügen. Nein. Ich wollte *Macht.*

Macht, die Welt zu beherrschen und meinen Nächsten zu versklaven, jedes Geschöpf, das größer als ein Mikron war, zu erniedrigen und zu vernichten, jeden Wunsch in einen Befehl, jede Laune in ein Urteil zu verwandeln. Nur dieser Gedanke half mir weiterzumachen.

Klein wie ich war, fehlte es mir mit Sicherheit nicht an der Fähigkeit zu Konzentration und Synthese. In mir gab es buchstäblich keinen Platz für Gefühle und Skrupel. Ich war ein Zyniker, von Natur aus für jede Art von Gemeinheit prädestiniert. Daß mir der Duft fehlte, machte mich praktisch unsichtbar. Ich konnte in jeden Ameisenbau eindringen, ohne aufgehalten zu werden, und den Geruch jeder Ameise annehmen, indem ich mich an ihrem Abdomen rieb; Leichen konnten ohne Schwierigkeiten für diesen Zweck benutzt werden. Meine Handikaps würden meine Waffen sein.

Es ging alles sehr schnell. Ich pendelte zwischen unserem Bau und dem des Feindes hin und her, begann als Spitzel zu arbeiten und verriet jedem die militärischen Geheimnisse des anderen. Meine geheimen Informationen entschieden Schlachten, und ich erlebte einen rasanten Aufstieg in den Hierarchien der beiden Heere und in der Achtung der jeweiligen Königinnen. So fand ich mich eines Tages als Oberbefehlshaber beider Armeen wieder. Ich beschloß, den Krieg von dem Ameisenbau gewinnen zu lassen, wo ich unter dem Namen Viskovitz bekannt war. Die Königin des verratenen Staats wurde getötet, ihr Volk versklavt. Mit Hilfe einiger dieser Sklaven schmiedete ich ein Komplott, um meine Königin Ljuba zu beseitigen. Dann ließ ich die anderen Verschwörer festnehmen und töten, erklärte das Kriegsrecht und übernahm die ganze Macht.

Am nächsten Tag ließ ich mich zum Kaiser ausrufen.

Jetzt war ich das mächtigste Insekt der bekannten Welt. Jedes meiner Worte wurde Gesetz, jede meiner Gesten Geschichte. Von jenem Thron aus hätte ich die Eroberung des Planeten abschließen oder eine neue Zivilisation begründen können, die Kasten beseitigen, die trophische Kastration oder die Vernichtung der Männer abschaffen und damit den Lauf der Geschichte und die gesamte Entwicklung der Spezies verändern können.

Doch da eine Ameise nur wenige Monate lebt und da Gott, als er in die Ferien gefahren war, einen dicken Laib trockenes Brot auf dem Tisch hatte liegen lassen, gelangte ich zu der Entscheidung, daß die Energie meines Volkes am besten zur Errichtung eines kolossalen Monuments meiner Person eingesetzt würde. Es sollte ein unvergängliches Zeugnis meiner myrmedonischen Größe sein, ein Werk, das mich zum unsterblichen Giganten machen würde.

Ich selbst leitete die Arbeiten, während ich gleichzeitig posierte, die Hinterbeine leicht angewinkelt und den Blick ins Weite gerichtet. Jede andere Tätigkeit wurde eingestellt, alle Arbeitsfähigen zu diesem Werk beordert, die Untauglichen geopfert und ihre Körper benutzt, um die Konstruktion zu festigen. Die Soldaten gruben mit ihren Kiefern meine Gestalt aus dem Brot heraus, während die Arbeiterinnen die Krümel und die Leichen wegschafften. Ich stand geduldig Modell, während die Dienerschaft mir Luft zufächelte und mich parfümierte.

Das Wunder wurde Wirklichkeit. Meine Genugtuung und meine Ergriffenheit begannen sich im Ausdruck der Statue zu spiegeln, die mich darstellte. Es stimmte alles: die langen, gebogenen Fühler, dieser gewaltige Mesothorax – das war ich. Dieses Meisterwerk stellte mich besser dar als meine vergängliche, sterbliche Gestalt. Ich hatte das Gefühl, eine zweite Metamorphose zu erleben, spürte, wie meine Seele in jenen vollkommenen, unzerstörbaren Körper überging. Ich war auf dem Gipfel meines Triumphs.

Da fehlte nur eine Kleinigkeit: Zucotic.

Ich fand ihn in dem alten, übelriechenden unterirdischen Bau wieder, wo ich ihn verlassen hatte. Weil er fast nichts gegessen hatte, war es ihm gelungen, die Metamorphose hinauszuschieben und eine Larve zu bleiben. Er war ein seniles, runzliges Baby, ein matter Klumpen aus säuerlicher Lymphe und Resignation. Wenn ich ihn nicht gesehen hätte, ich hätte es nicht geglaubt.

»Die Kindheit ist zu Ende, Zuco. Jetzt heißt es: auf die Beine und los!«

»Ich möchte lieber hierbleiben, Visko. Ich bin in Frieden mit mir selbst. Das bißchen Essen, das ich bekomme, wird gern gegeben. Ich falle der Gemeinschaft nicht zur Last.«

»Das ist kein Rat, Zuco, das ist ein Befehl. Ich will sehen, was für ein Gesicht du machst, wenn du erst eins hast. Ist dir wirklich nicht klar, wie lächerlich du bist? Sie geben dir Almosen, weil du eine Witzfigur bist, um über dich zu lachen und sich überlegen zu fühlen.«

»Aber irgend etwas muß ich doch wert sein, wenn der Kaiser sich herabläßt, mich aufzusuchen. Du würdest dich wundern: Die Leute kommen nicht hierher, um zu spotten, sondern um sich Rat zu holen …«

»Es reicht jetzt«, schnitt ich ihm das Wort ab. »Wachen! Ernährt diese Kreatur, und zwar mit königlicher Nahrung! Ich will, daß sie eine Königin wird.«

Der Nektar wurde Zucotic in den Kropf gepreßt, doch die Metamorphose fand nicht statt; seine trockenen Membranen hielten die Anstrengung nicht aus, sein Körper fiel zusammen wie eine Blase, und der gelbliche Inhalt tropfte auf den Boden.

»Kanntet Ihr ihn, Majestät?« fragte der Stabschef.

»Er war mein bester Freund, General.«

»Das tut mir leid, Eure Hoheit.«

»Mir nicht«, erwiderte ich gereizt. »Was soll ich mit einem Freund, wenn ich Millionen Sklaven haben kann?«

Zwei Tage später fand die Einweihung des Denkmals statt. Im ganzen Reich begann eine neue Zeitrechnung, und mein Volk versammelte sich auf Knien vor dem Koloß. Die Priester stimmten die *Ode auf den Kaiser* an, und ich, Viskovitz I., Viskovitz der Große, wandte mich vom Podium herab an die Menge.

»Bürger des Reichs«, hob ich mit Donnerstimme an, »dieses großartige, geniale Werk ist ein Denkmal der

Größe. Ja, der Größe. Denn die Größe, verehrte Zuhörer, ist nichts, was sich in Millimetern mißt. Die Größe mißt sich in Jahrhunderten! Was Wert hat, überdauert die Zeit. Und im Urteil der Zeit, verehrte Zuhörer, ist die Ameise groß und sind die Dinosaurier klein! ... Heute mehr denn je, meine Kinder, weiß ich eines gewiß: Wenn dereinst alle Tierarten ausgestorben sind, werden wir immer noch dasein und unsere Bauten errichten und diese Statue bewundern und ausrufen: ›Wer hätte das gedacht? Der Größte von allen ist Viskovitz gewesen!!!‹«

»Hurra, es lebe der Kaiser!«

An dieser Stelle hörte ich, wie es *krach* machte. Es mag die Ovation gewesen sein oder das Stampfen der Menge. Die beiden Hinterbeine des Monuments hatten nachgegeben, und der Koloß war auf das Abdomen gefallen.

»Brechen wir die Zeremonie ab, Eure Unermeßlichkeit?« fragte mein Wesir.

»Nein, wir machen weiter«, ordnete ich an. Der Schaden war nicht wiedergutzumachen. Wer hätte diesen Block hochheben können? Es blieb nur ein einziger Ausweg.

Ich beugte mich mit den Mandibeln nach hinten über mich selbst und machte einen sauberen Schnitt. Dann fiel auch ich auf das Abdomen. Es war außergewöhnlich, ich fühlte keinen Schmerz. Die Ähnlichkeit war wieder vollkommen.

»Die Größe, mein Volk ...«, rief ich über die Schreie hinweg.

*Krach.*

Drei weitere Beine waren weggebrochen. Es blieb nur noch ein einziges, das die Konstruktion hielt.

Ich tat, was ich tun mußte.

»Die Größe«, brüllte ich und stützte mich auf mein letztes Bein, »ist nicht…«

*Plumps.*

Die Menge zerstob in alle Richtungen. Das Denkmal war, als es zusammenfiel, in drei Stücke auseinandergebrochen, Kopf und Thorax waren zertrümmert worden. Nur die große, ovale Form des Hinterleibs war intakt geblieben und rollte nun auf mich zu.

Ich konnte mich nicht bewegen.

Es war nicht so sehr der Gedanke an den Tod, der mich schreckte, es war eher die Form dieses Hinterleibs. Er sah aus wie ein Larve. Es war das Denkmal Zucotics, das mich tötete, nicht das meine. Es war nicht das Porträt eines Kaisers, das ich der Geschichte übergab. Es war das einer Null.

# Für wen hältst du dich, Viskovitz?

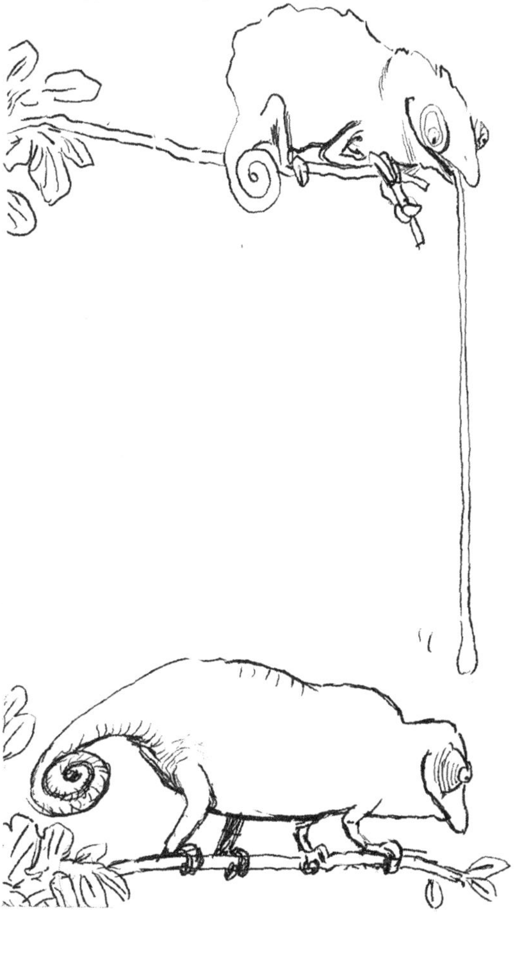

»Wer bin ich?« fragte ich mich. Da ich keine Antwort fand, fragte ich meinen Vater.

»Kommt auf den Zusammenhang an«, erklärte er mir. »Wir Chamäleons sind wie die Pause zwischen zwei Worten.«

»Und … unsere Persönlichkeit?«

»Was willst du mit einer Persönlichkeit, wenn du alle haben kannst? Und wozu ist es gut, du selbst zu sein, wenn du phantastische Echsen verführen, gute Noten in der Schule bekommen und deine Rivalen in die Flucht schlagen kannst, nur weil du sagst, daß du ein anderer bist? Nimm dir ein Beispiel an mir: Heute bin ich dein Papa, und morgen was weiß ich.«

Es war immer die gleiche Geschichte. Es genügte, die Farben zu mischen und ein wenig die pulmonalen Divertikel aufzublasen, um auszusehen wie irgendein anderer, so daß du keinem trauen konntest, nicht einmal deinen Verwandten. Nicht zufällig hatten wir in der Familie alle Namen, die mit Fragezeichen endeten. Ich selbst hieß ›Viskovitz?‹.

»Ich weiß nicht mehr, an was ich glauben soll, Papa, mir ist mal so und mal so …«

»Bravo, Junge, wenn dir mal so und mal so ist, dann bist du ein tüchtiges Chamäleon. Und jetzt beeil dich, es wird Zeit, in die Schule zu gehen.«

»In die Schule? Was soll ich denn da bloß?«

»Dort lernst du wenigstens, deine Zunge im Zaum zu halten, so daß sie mir nicht ständig an der Stirn klebt.«

»Papa, weißt du was, beim Küssen lernt man mehr über die Zunge als in der Schule.«

»Ich will nicht, daß du so redest, ›Visko?‹. Du weißt, daß Küsse gefährlich sind; man bleibt aneinander kleben. Den Frauen geht man besser nicht auf den Leim.«

»Das ist ja nett! Und wenn man verliebt ist?«

»Dann steckst du in der Klemme, Junge. Ein schlimmeres Unglück gibt es für uns Chamäleons nicht.«

»Ist dir das je passiert?«

Nachdenklich richtete er eines seiner beweglichen Augen nach oben, zur Spitze seiner Stirnhörner.

»Ja, einmal habe auch ich mich verliebt. Aber ehrlich gesagt, ich habe nie verstanden, in wen. Ich konnte sie nie vom Hintergrund unterscheiden, und deshalb wurde ich wahnsinnig eifersüchtig. Wenn einer einen Zweig streifte, dachte ich, daß er ihren Greifschwanz streichelt, wenn er Tau von einem Blatt leckte, meinte ich, er saugt an ihrem Ohr. Wenn er die Aussicht bewunderte... Nun ja, ich entdeckte darin die schlimmsten Andeutungen. Zum Glück ist die Liebe ein thermisches Phänomen, ›Visko?‹, und wir Kaltblüter müssen uns nur zwischen 11 Uhr vormittags und 2 Uhr nachmittags damit abgeben...«

Ich hatte genug vom Zynismus dieser Echse, und außerdem: Wer weiß, ob er wirklich mein Vater war. Ich sagte auf Wiedersehen und ließ mich an einer hängenden Wurzel hinunter ins Gebüsch, um dann gleich zwischen Moosfarnen und Ingwergewächsen zu verschwinden und meinen Weg fortzusetzen. Jenseits des Seerosenteichs erreichte ich den Baum des Chamäleons, das ich liebte.

Ganz sachte kletterte ich auf einen Blumenkohlstrunk, achtete sorgfältig auf die Mimikry, damit sie mich nicht entdeckte, und berauschte mich dann an ihrem Anblick. Denn sie war zu sehen! Sie spiegelte sich im Wasser, das sich im hohlen Blatt einer Ananaspflanze gesammelt hatte, und trällerte vor sich hin, während sie in einem langsamen Striptease aus ihrer Haut schlüpfte und ihr Körper, statt sich zu tarnen, in phantastischen Farben schillerte. Hinter einer saprophytischen Orchidee versteckt, schickte ich ihr einen sanften Kuß. Ich fragte mich, ob ich der einzige war, der das tat. Dann schob ich die Zunge auf einen Ast und hoffte ängstlich, daß sie sich darauf ausstrecken würde.

»Wer ist da?« rief sie. Vielleicht hatte ich Lärm gemacht.

»›Visko?‹«, antwortete ich und ließ das ›vitz‹ weg. Denn wenn man Buchstaben wie T, L, D, N oder Z mit trockener Kehle aussprach, bestand immer die Gefahr, daß die klebrige Zunge einem oben im Gaumen hängenblieb.

»Und was willst du?« zischte sie. Mit einem unabhängigen Auge besah sie sich weiter im Spiegel, während sie mir mit dem anderen in das Auge sah, das ihr ins Auge sah, wie sie mich ansah. Ich sagte ihr die Wahrheit. Ich sagte ihr, daß mich ihre kutanen Chromatophoren bezaubert hätten und ich mich fragte, wie sie es mache, mit den Schuppen so kreativ zu sein. Sie lächelte mich an.

»Das ist nicht schwierig«, antwortete sie. »Um originell zu sein, muß man zu den Ursprüngen zurückkehren. Das Geheimnis, man selbst zu sein, besteht darin, daß man darauf verzichten kann. Leer werden und sich füllen lassen. Wenn du das kannst, *voilà*, beginnen deine Farben zu sprechen, und du kannst an die Stelle eines Fragezeichens am Ende dieses lächerlichen Namens ein Rufzeichen setzen. Ich bin ›Ljuba!‹.« Sie hatte diesen schwierigen Namen ohne Zögern ausgesprochen und mit der Zunge geschnalzt wie mit einer Peitsche.

»Willst du es mit mir machen?« fragte sie mich plötzlich. Ich war wie versteinert.

»Es mit dir machen?«

»Ja, es ist doch die Zeit der Liebe, und da bei euch einer wie der andere ist... Komm her!« Ich konnte mein Glück nicht fassen. Ein Rotzjunge wie ich mit dieser Baumfee! Ich näherte mich ihr und entdeckte, daß meine Farben die ihren nachahmten: ein gemasertes, gepunktetes und getüpfeltes zinnoberrot-klatschmohn-türkisfarbenes Schillern! Caramba, sagte ich mir, das muß das Glück sein. Etwas anderes als meine blassen Schulkameradinnen. Für sie wäre ich auf Berge gestiegen und hätte gegen Vipern und Zibetkatzen gekämpft. Und wenn ich sie nicht mehr vom Boden unterscheiden könnte... Geduld, ich hätte jedes Blatt, jeden Sonnenuntergang, jede Blume geliebt, überall ihre Schuppen gesehen, und allem hätte ich diesen unaussprechlichen Namen gegeben: »›Llljuba!‹«

Ich stürzte mich in diesen Regenbogen. Ich liebkoste ihre Hautlappen und klammerte mich an ihren Kamm, ich ließ mich von ihren Wellen davontragen und tauchte ein ins Vergessen, versank in ihren klebrigen Exsudaten und betete jeden Millimeter dieser Schuppen an. PLUMPS. Wir fielen vom Ast und landeten auf den Dornen einer Akazie.

Nun gut, am nächsten Morgen entdeckte ich, daß Lara, meine beschränkte Exverlobte, genau die gleichen Verletzungen hatte wie sie, und meine matte und gehemmte Banknachbarin Jana auch!

Da habe ich meine letzten Gewißheiten verloren.

Und so habe ich mich schließlich selbst gefunden. Aber vielleicht nicht erkannt.

# Dein Herz hat Frieden gefunden, Viskovitz

In meinem Herzen waren nur Leere und Glückseligkeit.

Die Panzer des Ego zerstört, war mein Geist frei von Begehren, Erinnerungen und karmischen Impulsen, gesammelt in höchster meditativer Aufnahmefähigkeit, dem Erlöschen jeder Aktivität, dem Stande sublimierter Bewußtheit nahe. Transzendenz, Erleuchtung, Erwachen.

An jenem Punkt würde mein Diamantkörper von Kopf bis Schwanz übervoll mit leuchtendem *prana* sein, und ich, Viskovitz, würde schließlich in Licht übergehen, in den göttlichen *atman*, den ewigen Orgasmus …

Doch gerade da begann sich ein unangenehmer Geruch in meinen Nasenmuscheln auszubreiten … Ein Geruch, den ich in der Vergangenheit begraben zu haben meinte. Ich versuchte, die Konzentration aufrechtzuerhalten, mein Mantra zu kläffen und ein Mandala zu visualisieren, doch das delikate Gleichgewicht des *samadhi* war zerbrochen. Betrübt öffnete ich ein Auge. Vor mir sah ich Birillo, unseren spirituellen Meister, versunken in friedvoller Sammlung, und ringsumher die anderen Hunde des Zönobiums, einige regungslos in ihren *asana*, andere weniger an der Erforschung ihres Inneren interessiert als an den Opfern, die auf den kleineren Altären der Pagode lagen. Ein deutscher Schäferhund mit braunem Fell kam die Treppe des Tempels herauf. Ich konnte ihn gerade noch daran hindern, sein Bein an einem Altar zu heben.

»Du bist an einem heiligen Ort, Zucotic!« knurrte ich. Er war Polizeihund, und ich wußte nur zu gut, daß seine Ausbildung keinerlei spirituelle Erziehung vorsah. Auch ich hatte dieses Halsband getragen.

»Lange nicht gesehen, alter Wolf!« bellte er und schnüffelte freudig an meinen Hinterbacken. Er erzählte von den alten Zeiten, als wir zusammen beim Rauschgiftdezernat gearbeitet hatten. Dann sagte er, daß er gekommen sei, weil er mich um Rat fragen, über eine Gewissensfrage mit mir reden wolle.

»Ich habe das Interesse an moralischen Problemen verloren«, antwortete ich kurz angebunden.

»Ich bitte dich, du bist der einzige Hund, vor dem ich Achtung habe, du warst immer der Klügste der Meute, der mit der besten Nase…« Ich ließ ihn erzählen. Sah so aus, als hätte Korzybski, sein Ausbilder, sich ein bißchen Pulver in die Tasche gesteckt. Nicht ein oder zwei Briefchen: drei fette Kilo *China White.* »Wir sprechen von Heroin, Visko, dem Teufelsstoff, dem Weißen Gift…« Er schüttelte seinen dicken Kopf, als wollte er ihn loswerden, japste, winselte, und ich fürchtete schon, er würde noch mitten in der Pagode anfangen zu heulen. »Was soll ich tun, Visko? Nur ich weiß, daß er die Beutel in seinem Garten vergraben hat…«

Armer Zucotic, persönlich hatte ich nichts gegen ihn, doch er kam von einem anderen Planeten – einem Planeten, dessen Schwerkraft ich nicht mehr spürte. Ich, Viskovitz, schwebte in einem anderen astralen Raum. Wie sollte ich ihm das erklären?

»Ich verstehe, was in dir vorgeht, Zuco, doch du vergeudest deine Zeit mit mir. Schon vor Jahren habe ich aufgehört, an deine Werte zu glauben. Dann habe ich aufgehört, an Werte überhaupt zu glauben, und schließlich habe ich sogar aufgehört, ans Glauben zu glauben. Danach habe ich begonnen, mit dem Universum zu verschmelzen ... Du kannst die Luft, die du atmest, nicht um Rat fragen, Zuco ...«

»Verflixt, das Leben hier unten tut dir wirklich nicht gut, alter Wolf.« Seine Stimme klang nicht so, als wollte er verstehen. Ich sah in mitfühlend an.

»Jetzt muß ich gehen«, schloß ich. »Ich wünsche dir, daß du Frieden findest.« Ich wandte ihm den Rücken zu und ging den gleichen Weg zurück, den ich gekommen war. Als ich mich oben auf der Treppe noch einmal umdrehte, sah ich ihn nicht mehr. Er hatte recht daran getan, still zu gehen, doch nach dem Geruch zu urteilen, war das, was dort über die Stufen des Tempels plätscherte, kein Weihwasser.

Ich kehrte zur Bruderschaft zurück, setzte mich wieder regungslos hin, um einen Gedanken zu fokussieren, doch mein Geist war durch die Erinnerung unruhig geworden. Die Erinnerung an eine Zeit, in der auch ich ein Abzeichen getragen und Medaillen für Verdienste und Geschicklichkeit erhalten hatte, eine Zeit, in der ich eine Wolfshündin liebte und diese Wolfshündin getötet worden war. Nein, an diesem Tag würde ich den Frieden des Nirwana nicht erreichen.

Eine Woche war vergangen. In der reinigenden Stille des *sangha*, durch die Bewußtheit des Atmens, den Gleichmut und die distanzierte Betrachtung von Körper und Geist schritt ich auf dem reinen Weg voran, der zur Befreiung führt. Als er uns in die Techniken des Erleuchteten Erkennens einführte, hatte Birillo zu uns gesagt: »In diesem eurem engen Körper werde ich euch die Welt erfahren lassen, das Entstehen und das Vergehen der Welt, und den Weg, der dorthin führt.« Ich, Viskovitz, schritt auf diesem Pfad voran. Auf den ersten Blick machte Birillo, ein weißer Zwergpudel mit Spuren einer jugendlichen Löwenfrisur, nicht den Eindruck eines voll verwirklichten spirituellen Meisters, doch wer das Glück gehabt hatte, seine Lehre zu empfangen und in der heiteren Gelassenheit seines Blicks zu ruhen, begriff, daß er vor einem heiligen Tier stand, einem starken und unbeirrbaren Führer. Ich hatte ihn noch niemals wedeln sehen.

Ich schritt über die Fünf Formen der Hingabe auf die Sieben Faktoren der Erleuchtung zu und war an dem Punkt, die Vier Erhabenen Wahrheiten zu begreifen, als ...

... als ich witterte, daß es nach Hündin roch, nach Wolfshündin. Ich konzentrierte mich auf den *anupasati*, doch dieser Geruch ließ nicht nach. Er wurde immer stärker, bis er mich ganz umhüllte. Schließlich hörte ich ein helles Bellen:

»Viskovitz?«

Ich atmete tief aus, schlug die Augen auf und sah ihr kleines Gesicht vor mir. Wie lange war ich einer Hündin nicht so nahe gewesen? Zwei Jahre. Seit Ljubas Tod. Und das war besser so. Wozu dieses vergängliche Vergnügen? Zerstreut sah ich sie an; ich gebe nicht viel auf Äußerlichkeiten. Sie hatte ein längliches Köpfchen mit rötlichem Haar, weiß über den Backen und der Vorderbrust, Stehohren, einen kräftigen Fang, eine leichte Schafsnase, einen markanten Stop und einen braunen Nasenspiegel. Ihre Decke war braun mit rötlichen Flecken, beinahe rosa in der Unterwolle. Die Winkelung der Hinterhand war perfekt, die Kruppe wies eine sanfte Schräge auf, die Schultern waren lang, die Keulen fest, der Unterbauch eine Kuhle, das Knie markant, die Unterbrust abfallend, die Sprunggelenke offen, die Rutenhaltung vorschriftsmäßig. Sie hatte, wenn man es als Hundekenner betrachtete, einen in seinen Proportionen und Relationen erhabenen Körper, beispielhaft in Bau und Profil. Sicherlich ein Hündin mit einer ansehnlichen Ahnenreihe und aus höchster Zucht. Ungefähr anderthalb Jahre alt, nach den Eckzähnen zu urteilen.

»Viskovitz«, bestätigte ich.

»Ich bin Detektivin Lara vom Rauschgiftdezernat.«

Sie beschnüffelte meine Nierenpartie, und ich erwiderte die Höflichkeit. Es ist überraschend, wie viele Informationen man erhält, wenn man dort die Nase hineinsteckt. Man kann die zartesten Schwingungen einer Seele wittern und, wenn man materiellere Neigungen hat, alles über einen Hormonzyklus erfahren. Ich erkannte die deutlichen Zeichen der Vor-Läufigkeit: sexuell gesehen war diese Hündin eine Zeitbombe.

»Was kann ich für das Gesetz tun?«

»Einer unserer Ermittler, Detektiv Zucotic, wird seit ungefähr einer Woche vermißt. Verläßlichen Quellen zufolge soll er vor seinem Verschwinden Kontakt mit Ihnen gesucht haben, Viskovitz…«, fiepte sie, während ihre Augen unaufhörlich über die kahlen Stellen in meinem Fell wanderten, »… falls ich tatsächlich mit dem ehemaligen Sonderfahnder Viskovitz spreche…«

»Visko, für die Reinen im Herzen.«

»Ich gestehe, daß ich eine andere Erwartung hatte. Seit meinen Welpentagen habe ich von den Aktionen des Ermittlers Viskovitz gehört, von seiner legendären Nase, seinem Mut, und jetzt ...« Sie gab sich keinerlei Mühe, ihre Enttäuschung zu verbergen.

»Jetzt haben auch Sie etwas zu erzählen.«

»Doch das Ende der Geschichte wäre nicht schön: unser Held zerstört von Grind und Zecken und im Schmutz versunken.«

»Man nennt es herrenloses Leben, Detektivin Lara, manche ziehen es der Leine und dem Maulkorb vor.« Ich berichtete ihr kurz, was Zucotic mir gesagt hatte. Ich hatte eine gewisse Erfahrung darin, Schwierigkeiten zu wittern, und riet ihr, sich von dieser Sache fernzuhalten.

»Ich bin sicher, daß Agent Zucotic bis zum Schluß seine Pflicht getan hat. Und auch ich beabsichtige, die meine zu tun«, knurrte sie.

Von soviel Hingabe, Unternehmungsgeist und Verachtung der Gefahr war ich wie geblendet, doch ich konnte den Gedanken nicht verdrängen, daß sie auch deshalb so übereifrig war, weil die Hormone sie juckten. Wie dem auch sei: Diese Hündin stellte eine Gefahr für die Reinheit meines Geistes dar. Ich knurrte ihr einen Abschiedsgruß zu.

Als ich ihr die Rückseite zuwandte, sandte sie eine starke Duftwolke von Hormonen aus. Man mußte kein Weiser sein, um zu verstehen, daß dort, wo die herkamen, noch viel mehr waren. Perplex sah ich sie an, während sie auf der Suche nach etwas in der Luft herumschnupperte, das sie unmöglich finden konnte.

*Wie konnte man so naiv sein?*

»In der Luft werden Sie Zucotics Geruch nicht finden, Detektivin Lara«, hörte ich mich sagen. »Diese Art von Spur, *air scent*, kommt aus den apokrinen und ekkrinen

Schweißdrüsen und hält nur einige Minuten an. Für Sie interessant ist der *ground scent*, der Kontaktgeruch, der von Haaren und Hautteilchen auf dem Boden hinterlassen wird. Oder besser noch Urinspuren: die halten am längsten, auch mehrere Tage, wenn es nicht regnet und zuviel verdunstet.«

»Ich weiß, was eine Spur ist!« knurrte sie und entblößte schöne Fangzähne.

Freundlich führte ich sie auf die Treppenstufe, wo Zucotic gepißt hatte. Wieder hüllte ihr Duft mich ein. Es war klar, daß diese Hündin kurz vor der Ovulation stand und daß man von einem Moment auf den anderen ihren Geruch in ganz Chinatown wahrnehmen würde.

»Angesichts der Freundschaft, die mich mit Zucotic verbindet… ist es vielleicht besser, daß ich mich der Untersuchung anschließe, Detektivin Lara«, meinte ich. »Ich könnte Ihnen nützlich sein, wenn ich Sie… äh… decke.«

Sie jaulte etwas, das nicht durch meine verstopften Nervenbahnen ging, doch es schien mir kein Widerspruch zu sein.

Zucotics Spuren zu folgen war für mich keine schwierige Aufgabe; dabei konnte ich mich in aller Ruhe mit Lara unterhalten. Oder eher war sie es, die mir von sich erzählte, in hohen Tönen kläffend, Opfer einer Erregung, die immer schwerer zu kontrollieren war. Sie wolle Karriere machen, sagte sie, aber nicht, um ihre Eitelkeit zu befriedigen. Sie war Idealistin und wollte gegen das Böse in der Welt kämpfen: das Kupieren von Schwänzen und Ohren, den Welpenhandel, die Kastration, die Hundezwinger. Ihre edle Abkunft hinderte sie nicht daran, Rassendiskriminierung, Stammbäume, Reinheitsstandards und Hundeausstellungen zu hassen. Manchmal hatte ich das Gefühl, ich hörte Ljuba wieder, als sie ebenso jung und voller Träume und Hormone war. Da sie Karriere machen wollte, dachte ich, es sei angebracht, ihr auf dem Weg die Grundlagen ihres Berufs beizubringen, die Anfangsgründe der Spurensuche. Ich erklärte ihr *Backtracking, Offtracking* und *Crosstracking* und wie der *Transfer* von einer Oberfläche zu einer anderen geht: Asphalt, Staub, Grasteppich. Ich sagte ihr, daß man manchmal das Maul benutzen müsse, wo es diese Drüse gibt, die vomeronasale, die mit dem olfaktorischen Bulbus in Verbindung steht. Ich zeigte es ihr, indem ich meine Zunge auf die ihre gleiten ließ, und schon da ließ ich mich beinahe hinreißen, als ...

»Diese Tierchen, sind die nicht köstlich?« bellte sie. Sie kam zum ersten Mal aus dem Gehege heraus und konnte nicht aufhören, über die Wunder der Welt zu staunen.

»Das sind Nager«, erklärte ich ihr. »Und diese eindrucksvolle Anhöhe ist ein Müllhaufen.« Zwei Ratten waren mit einem Knochen beschäftigt und verschwanden unter Flüchen.

Lara vergaß jeden Anspruch auf professionelles Verhalten, winselte vor Glück, schleckte die Knochen ab und vergrub sie dann. Ich sah fasziniert zu, wie sie wedelte. Wie konnte man eine solche Begeisterungsfähigkeit, eine solche Frische haben? Wie konnte man so jung sein? Ich nutzte die Pause, um ein bißchen im Müll zu wühlen. Das ist gar nicht so deprimierend, wie es aussieht. Es gibt Verfaultes, das die Nahrung bereichert. Lara kam mit einem dicken Oberschenkelknochen auf mich zu.

»Ich mußte meine Zähne schärfen. Jetzt bin ich einsatzbereit. Meinst du, wir finden die Spur von Detektiv Zucotic zwischen all den Gerüchen?«

*Wie konnte man so naiv sein?*

Ich erklärte ihr, das sei nicht nötig; sie habe Detektiv Zucotic im Maul, und er habe sein Begräbnis schon bekommen, vom Oberschenkelknochen einmal abgesehen.

Zucotics Tod hatte mich weder überrascht noch bestürzt. Er bot mir nur Gelegenheit, über die Gesetze des *karma* nachzudenken, das Rad des *samsara* und die Vergänglichkeit der *citta*. Der Tod war überall. Und ich, Viskovitz, starb in jedem Augenblick und erwachte wieder zu neuem Leben. Doch für Detektivin Lara war diese Entdeckung verheerend gewesen, ihr fragiles emotionales Gleichgewicht war zusammengebrochen. Sie hatte zu winseln begonnen, als wäre sie von einem Lastwagen angefahren worden.

Ich tat mein Bestes, sie zu trösten. Während ich ihr erklärte, daß es der Tod sei, wo das Leben seinen Anfang nehme, und daß hier, in diesen Straßen, der Tod mit dem Leben gefeiert werde, schmiegte ich mich von hinten an sie, legte ihr eine Pfote auf die Hüfte und zog mich mit der anderen hoch …

Mit einem Ruck sprang sie nach vorn.

»Aber natürlich! Korzybski! Er ist der Mörder«, bellte sie. »Schnell, beeilen wir uns. Seine Villa ist nicht weit von hier, und vielleicht erwischen wir ihn mit der Beute. Ich werde nicht ruhen, bevor ich diesen Bastard festgesetzt habe.« Gleich ging sie in Aktion, trabte mit wiegenden Hüften Richtung Almeda und auf die Wohngebiete zu.

»Wo willst du denn in diesem Zustand hin? Ist dir klar, daß du so in kürzester Zeit alle Hunde aus dem Viertel am Hals hast?«

Und genauso war es. Ich hatte kaum richtig losgebellt,

als uns schon drei Halbstarke mit fiesen Visagen entgegenkamen: ein Bracke, ein Bluthund und ein Zwergschnauzer.

»Aber hallo, du Wolfsschlampe!« blaffte der Schnauzer.

»Was wollen die, Viskovitz?«

»Rate mal.«

»Erklär ihnen, daß ich im Dienst bin.«

»Den Dienst kannst du uns auch leisten«, spottete der Bracke.

»Ihr habt gehört, was die Lady gesagt hat. Verzieht euch!«

»Hau du besser ab, Onkelchen«, knurrte der Bluthund.

Es war klar, daß ruhiges Reden nicht viel nützen würde. Und es würde auch nicht genügen, die Fangzähne zu zeigen. Ich erteilte dem Zwergschnauzer mit einem festen Tritt eine Lektion, packte dann den Bracken mit den Zähnen im Rücken und wollte ihn gerade durch die Luft schleudern, als der Bluthund mich von hinten angriff. Er war jünger und größer als ich, wenigstens achtzig Zentimeter im Widerrist, und es hätte ein unangenehmer Abend werden können, wäre ich nicht Meister in der Kunst des *bushido*, dem Weg des Kriegers. Mit einer Finte warf ich diesen Katzensohn auf den Rücken und brachte ihn mit den Fängen zur Räson. Der Bracke hatte sich schon verdrückt. Ich blutete an einem Ohr und war traurig, denn ich hasse Gewalt.

Lara war verschwunden, doch nicht ihr Geruch. Ich galoppierte los und holte sie wieder ein. Wir waren jetzt vor Korzybskis Haus, einer Villa mit zu vielen Quadratmetern für einen Hundeausbilder. Ich war erschöpft.

»Du blutest ja, Visko.« Es war das erste Mal, daß sie

mich so nannte. »Du warst mutig.« Sie begann mir die Wunden zu lecken. Lange, warme, endlose Zungenschläge.

Mir schien, daß es nur eine einzige Möglichkeit gab, den Frieden wiederzufinden. Eines Tages – sagte ich mir – würde ich nicht mehr der groben Materie anhängen, aber im Augenblick… Die Wasser des Flusses fließen lassen… War dies vielleicht nicht der Weg des Tao? Ich war schon an ihrem Schwanz, als PENG!… Der Schuß kam aus Korzybskis Villa. Lara tat einen Satz nach vorn.

»Schnell, Visko, wir dürfen sie nicht entkommen lassen.«

»Halt, die sind bewaffnet!« warf ich ein, doch ihre schönen Hinterläufe waren schon jenseits des Lattenzauns verschwunden. Es war der richtige Augenblick, den Schwanz einzuziehen und das Fell zu retten.

Da fiel noch ein Schuß.

Mit einem Fluch sprang ich in den Garten, fand ein offenes Fenster und drang ins Haus ein.

Sergeant Korzybski lag rücklings auf dem Küchenboden in seinem Blut, mit einem dritten Auge in der Mitte der Stirn und einem kleinen Loch in Höhe des Herzens. Als ob das nicht genügt hätte, bellte Lara auch noch aus Leibeskräften. Nach den Einschußlöchern in der Wand zu urteilen, war eine 45er für den Schlamassel verantwortlich. Ich schnüffelte ein bißchen herum, und was ich roch, gefiel mir gar nicht. Die beiden Killer waren klein und schmächtig, nach dem Volumen und der Weite des Streuungskegels ihrer Gerüche zu urteilen. Es stank nach *chow mein* in ihrer Ausdünstung. Und da war der Geruch einer frischen, mit purpurrotem Farbstoff ausgeführten Tätowierung. Ich hätte schwören können, daß die beiden

Killer zur Triade des Roten Drachen gehörten, der mächtigsten in Chinatown. Das war ein guter Grund mehr, den Fall als abgeschlossen zu betrachten.

Ich hörte das Knattern eines startenden Motors, und sofort machte sich Lara an die Verfolgung des Autos, eines grauen Mercedes. Ich setzte hinter ihr her; wir würden das Auto ja sowieso niemals einholen. Als auch sie davon überzeugt war, erklärte ich ihr, daß es nicht klug sei, Reifenspuren mitten auf einer Autobahn zu folgen, und brachte sie in einen öffentlichen Park. Hier konnten wir Ruhe finden: Da war der Sonnenuntergang, und da waren die Rosen.

An jenem gesegneten Plätzchen angekommen, wo die Drosseln sangen und die Minze duftete, beglückwünschte ich den alten Viskovitz. Ich streckte mein Fell im frischen Gras aus, und angesichts dieses Sonnenuntergangs war ich gerührt wie ein sentimentaler junger Bracke. Lara sah mir in die Augen und gestand:

»O Visko, ich kann nicht widerstehen. Es ist der Instinkt, er ist stärker als ich.«

»Das ist natürlich«, turtelte ich, »du bist eine heiße Hündin, und ich bin ein attraktiver Wolf... laß dich gehen.«

»Soll ich mich wirklich gehenlassen?«

»Aber sicher.«

Mit einem Satz sprang Lara los, rannte aufs Wasser zu und schwamm zu dem Stock, den irgend jemand in den Teich geworfen hatte. Das war der Instinkt, von dem sie sprach. Der atavistische, servile Instinkt des Apportierens. Sie brachte dem Typ das Ding zurück, und der warf es noch weiter. Und Lara hinterher. Was sollte ich tun? Ich sprang ebenfalls ins Wasser. Als ich sie erreichte, war ich erschöpft.

»Hast du gesehen, wie tüchtig ich bin?« bellte sie mir zu. »Ich habe ihn sogar unter Wasser gefunden! Beim Apportieren schlägt mich keiner.«

*Wie konnte man so naiv sein?*

Ich erklärte ihr, daß es kein Stock sei, was sie da im Maul hatte, sondern eine Luger Kaliber 45, acht Schuß in der Kammer und zwei im Lauf. Und daß es nie ratsam sei, dem Mörder die Tatwaffe zurückzubringen.

Diesmal gelang es Lara, dem Auto der Killer bis ins Herz von Chinatown zu folgen, bis zum Garten der Drei Pagoden, wo unsere Reise ihren Anfang genommen hatte. Die beiden Kerle hatten geweihten Boden betreten und sich unter die Gläubigen gemischt. An diesem Punkt mußte ich meiner Gefährtin erklären, daß wir an einem hochheiligen Ort waren, wo ein *Tang*, ein taoistischer Tempel, ein *Si*, ein buddhistischer Tempel, und ein *Miaw*, ein konfuzianischer Tempel, beieinander standen. Jede Ecke, die sie sah, war nach den strengsten geomantischen Prinzipien des *feng shui* eingerichtet. Es war ein Ort, wo man nur leise bellte und sich nicht in Begleitung einer läufigen Hündin zeigte. Doch Lara wollte keine Vernunft annehmen. Sie war davon überzeugt, daß die beiden Kerle das Heroin hatten, für das Zucotic gestorben war, und wollte es auf jeden Fall sicherstellen.

Als wir die beiden Killer wiederfanden, waren sie in Begleitung von einem Dutzend anderer Handlanger der Triade. Es waren Mönche bei ihnen. Sie trugen Zeremonienschirme und brachten Opfergaben zu dem *Guan Hin* geweihten Hauptaltar des *Si*.

Bei diesen Opfergaben war kiloweise *China White*.

Ich hielt Lara am Halsband zurück. Eine solche Gemeinschaft frommer Seelen durfte man wirklich nicht stören. Und außerdem waren Hunde im Angesicht der Göttin nicht zugelassen.

»Du bist hier bekannt, Visko, du könntest versuchen, die Aufmerksamkeit der Mönche auf dich zu lenken.«

Ich erklärte ihr, daß auch sie mit der Triade zusammenarbeiteten, daß die Droge in den Versöhnungsopfern versteckt werde, in den Holzelefanten und Porzellandrachen, und daß die Statuen dann in die chinesischen Viertel anderer Städte verschoben würden, immer mit dem Segen von *Guan Hin*, der Göttin der Vergebung. Die Triaden waren sehr freigebig gegenüber der Göttin; das mußten sie sein, wenn sie einen Platz im Himmel wollten. In den roten Umschlägen war Bargeld, und das bekamen die Mönche. Ich erklärte ihr, daß die Sache mich nichts angehe. Jeder könne sein Paradies kaufen, wie er es für richtig halte, auch das, was in den Briefchen mit Schnee sei. Und außerdem liebe der Vorsteher des Klosters Hunde.

»Auch ich liebe Hunde, Visko, aber deshalb bringe ich doch keinen Stoff in Umlauf. Hör mir zu. Ich mag als Detektivin nicht viel taugen, doch eines weiß ich gewiß: Ich werde nicht von hier weggehen, bevor ich nicht wenigstens eine Probe von diesen Betäubungsmitteln beschlagnahmt habe. Das bin ich Zucotic schuldig. Und du wirst mir helfen, Viskovitz. Denn du hast noch eine Aufgabe zu erledigen.« Mit einer fatalen Drehung streifte sie das Fell an meinen Lenden, blieb dann stehen und sah mir in die Augen. Wir hatten uns verstanden.

»Vergiß den Schnee. Überall sind bewaffnete Wachen, auch unter den Mönchen. Niemand kommt ins Heiligtum.«

»Da ist eine Öffnung. Ein Hund kommt da durch.«

»Ja, aber es gibt Pagodenhunde: Dobermänner, Mastiffs. Das sind von den Mönchen abgerichtete Wachhunde.«

»Um die kümmere ich mich.«

»Wie?«

»Unterschätze nicht, was eine läufige Hündin kann, Viskovitz.« Sie hatte ein lüsternes Leuchten im Gesicht. Mit wiegenden Hüften ging sie auf den Garten zu und präsentierte sich den Pagodenhunden mit erhobenem Schwanz, wie eine Dirne.

Ich winselte ein *sutra* und visualisierte eine Lotosblume.

Drei Stunden später sah ich sie wieder. Sie hatte den Geruch aller Hunde des Klosters an sich, einschließlich Birillos. Sie ging mit Schlagseite und jaulte ein altes Lied aus Kanton.

»Hast du es geschafft, Schatz?« fiepte sie leise. Ich führte sie aus dem Tempel hinaus, in meinen liebsten Schlupfwinkel, die alte Baustelle eines Hauses, das niemals gebaut werden würde. In der Ecke lagen drei dicke Beutel. Kalk, hätte man meinen können.

»O Visko!« Ihre geweiteten Pupillen waren grün wie Jade. »Komm her, worauf wartest du?«

Für eine Nacht, für jene Nacht vergaß ich alle Mühen des Daseins, den Geruch der Fäulnis, die Flöhe. Es gelang mir, die Zeit anzuhalten, den Raum auszudehnen und mich mehr als einmal mit dem Göttlichen Verweilungszustand zu vereinigen. Der Morgen brach schon an, als es mir schließlich gelang, mich loszulösen. Es war ein langer Tag gewesen.

»Visko, ich würde sagen, daß du von allen Hunden der Pagode ...«

»Ich will es nicht wissen«, knurrte ich.

»Ich liebe dich, Visko.«

»Sag das nicht einmal zum Spaß. In ein paar Tagen wirst du so kalt wie ein Tintenfisch sein. Und das ist besser so.«

»Ja siehst du denn nicht, daß wir ein perfektes Paar sind? Du mit deinem Spürsinn und ich mit meiner Hingabe ...«

»Im ›Dienst‹? Nein, Lara. Es ist verblüffend, wie ein paar Hormone es immer wieder schaffen, uns zu täuschen. In diesem Universum, in dem ja alles unbeständig und flüchtig ist, vergeht doch nichts so schnell wie die Liebe zwischen Hunden. Keine Illusion ist kürzer. Und deshalb, glaube ich, brauchen wir andere Idole, andere Herren.«

»Du nicht, Visko. Du bist niemandem treu. Nicht der Meute, die dich aufgezogen hat, nicht den Mönchen der Pagode und mir auch nicht. Du hast keinen Herrn.«

»Da irrst du dich, auch ich habe meine Leine, Lara. Sie schmerzt mehr als jedes gezackte Halsband und ist süßer als jede andere Lüge.«

»Ljuba?«

»Nein.« Jetzt konnte sie es ruhig erfahren. Ich zeigte mit der Schnauze auf das verdammte Zeug. Lara schaute nachdenklich und schüttelte den Kopf.

»Ich verstehe nicht. Der Stoff? Macht es dir Spaß, ihn aufzuspüren?«

*Wie konnte man so naiv sein?*

Ich versuchte es ihr zu erklären.

»Sieh mal, wenn sie es einem schon als Welpe unter die Nase halten, unter eine Nase, die so hypersensibel ist wie meine ... Tag für Tag, in jeder verdammten Trainingsstunde ... Da blitzt es in deinem Hirn, das ist etwas anderes als Zuckerchen oder Fleischbröckchen. Im Lauf einer Woche bist du abhängig. Und dann gibt es nichts anderes mehr im Leben. Deshalb war ich als Spürhund so tüchtig: weil ich es ohne Stoff nicht aushielt – und bestimmt nicht, um den Bullen, die mich auf Drogen gebracht haben, eine Freude zu machen ...« Ich fror, und mir trat Schaum vor den Mund.

»Ich werde dir helfen, da herauszukommen, Visko. Meine Liebe ist stärker. Ich würde dich auch lieben, wenn ...«

»Auch wenn was? Auch wenn ich dir sagen würde, daß dieser Stoff seit einer Woche hier ist, seit dem Tag, als ich ihn in Korzybskis Garten ausgegraben habe? Auch wenn ich dir sagen würde, daß ich Zucotic beseitigt habe, weil er sich mir in den Weg gestellt hat?«

»Das glaube ich nicht, das glaube ich nicht, das glaube ich nicht ...«, kläffte sie und wich mit einem Beutel zwischen den Zähnen zum Ausgang zurück.

»Laß ihn los, Lara!« Ich stürzte mich auf sie.

Doch gerade in diesem Moment tauchten, angelockt durch das Gebell, zwei Typen in Uniform auf. Mit einem Ruck befreite sich Lara, und ich hielt nur noch ihr Halsband zwischen meinen Zähnen.

»Jetzt ist es aus für dich, Viskovitz«, bellte sie und lief hilfesuchend zu den Uniformierten.

*Wie konnte man so naiv sein?*

Die beiden Hundefänger fesselten sie und schleppten sie in den Zellenwagen.

»Was soll das? Hört auf! Ich bin Lara vom Rauschgiftdezernat, Detektivin Lara. Detektivin Lara meldet sich zur Stelle!!!« Sie machte wirklich den Eindruck einer tollwütigen Hündin, so schmutzig, verstört, ohne ihr schönes Halsbändchen und ihre kleine Marke.

Ich würde sie niemals wiedersehen.

Ich verweilte einen Augenblick dort, um über die Vergänglichkeit der Dinge nachzusinnen. Ich hatte große Lust zu heulen, doch ich hielt mich unter Kontrolle. Denn das hier war Chinatown. Ich schnüffelte ein bißchen Schnee und fühlte mich sofort besser. Jetzt war ich nicht mehr müde, und so machte mich auf den Weg zur Pagode.

Chinatown erwachte zu einem neuen Tag. Auf den Gehwegen machten Alte und Junge die ersten Übungen des *tai-chi*. In der Luft lag der Geruch von Ingwer und Zwiebeln, und in der Ferne heulte ein Saxophon. Jeder wandte sich wieder geschäftig den ruhelosen Riten des Lebens zu, zelebrierte das Geheimnis von *Anicca*, die Große Illusion, den Traum von *Brahaman*, den Tanz von *Shiva*, das ewige Kosmische Gelächter.

Die Hunde des Zönobiums hatten mit den Atemübungen begonnen. Ich kreuzte die Hinterbeine und begab mich in den Lotossitz, konzentrierte mich auf den *muladhara*, um Energien zurückzugewinnen und sie in die oberen *chakras* fließen zu lassen. Ich brauchte sie, um meinen Geist von jeder Unreinheit zu befreien und mich auf die Reise zum Ort der Erlösung zu begeben, jenseits von Gut und Böse, von Lust und Schmerz. Zum Herzen des pulsierenden Werdens, zum Auge der klaren Weisheit, zum Großen Frieden, zum Großen Frieden …

# Was ist nur aus dir geworden, Viskovitz

Ljuba, warum liebst du mich nicht?« fragte ich.

»Weil du ein elender Wurm bist, du hast kein Rückgrat und kein Standvermögen.«

»Und außerdem?«

»Weil du geistlos bist, kopflos, charakterlos und gefühllos.«

»Und außerdem?«

»Du weißt nicht, wie man liebt. Du hast kein Herz.«

»Und außerdem?«

»Du hast einen winzigen Penis.«

»Ist das alles?«

»Nein, Visko. Du denkst mit keinem Gedanken an mich, du bist ein Egoist, ein Parasit, du kannst immer nur nehmen, du lebst auf meine Kosten, du tust nichts, du interessierst dich für nichts, du saugst mich aus und reizt mich ohne Ende. Wann hörst du bloß auf, mich zu quälen?«

Ein Schauder des Ekels und Widerwillens durchlief ihren ganzen Körper, dann noch einer und noch einer.

Ich hielt mich mit meinem Saugnapf gut an ihrem Eingeweideschleim fest, bis der Wutausbruch vorbei war, reinigte meinen Rüssel vom Blut und fragte:

»Und was sind meine *Fehler*?«

# Das liegt dir im Blut, Viskovitz

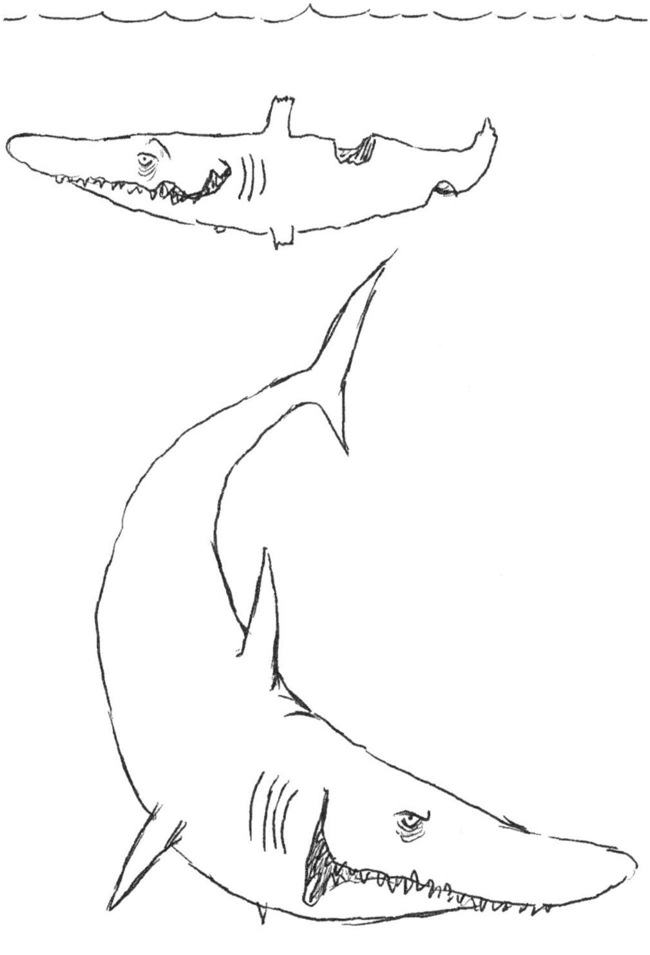

»Papa, wie ist es dir ergangen, als du klein warst?«

»Die Kindheit ist die schönste Zeit im Leben eines Hais, Junior. Meine Mutter war ein großer Fisch. Sie wußte wirklich, wie man mich satt macht. Natürlich habe ich eine Weile gebraucht, bis ich sie unten hatte. Ich war ja noch so klein. Ich habe von innen angefangen und mich durch die blutigsten Organe vorgearbeitet. Ich kann also nicht sagen, daß ich sie gekannt habe. Aber sie hatte ein gutes Herz, daran kann ich mich erinnern.«

»Warst du ein Einzelkind?«

»Nein, ich hatte noch zwei Brüder aus dem gleichen Wurf. ›Visko‹, sagten sie vorwurfsvoll zu mir, ›wer soll uns jetzt zeigen, wie alles geht?‹ Damals hatte ich sie schon zum Fressen gern, deshalb mußte ich mit der Erziehung warten, bis ich wieder was im Magen hatte.«

»Hast du nicht unter Einsamkeit gelitten?«

»Na ja, irgendwann habe ich eine Leere gespürt. Doch mit der Hilfe von Onkeln, Cousinen und Großeltern konnte ich sie füllen. Ich habe die Familie im Blut, Junior. Auch Freunde haben mir weitergeholfen. Bis ins Jünglingsalter flutschte alles nur so, würde ich sagen. Und dann hatte ich meinen ersten Schildfisch.«

»Was für einen?«

»Einen von der schlimmsten Sorte. Ich kann mich noch an seinen Namen erinnern: Zucotic.«

»Hat er dir viele Sorgen bereitet?«

»Allerdings. Du weißt, wie diese Viecher sind. Sie behaupten, sie sind Symbionten, doch in Wirklichkeit sind sie Parasiten. Sie klammern sich mit den Zähnen ihrer Flosse an dich und lassen dich nicht mehr los. Doch das Schlimmste ist ihre Heuchelei. Sie kritisieren jeden Happen, bis du voller Schuldgefühle bist. Sie erzählen dir die persönliche Geschichte von Thunfischen und Heringen, so daß du beim Fressen die Lust verlierst und mehr für sie übrig bleibt. Ich habe Schildfische gesehen, die waren fetter als Haie, mein Sohn.«

»Konntest du denn nicht jemanden bitten, sie dir abzunehmen?«

»Doch, schon. Aber ich hatte damals wenig Freunde. Und im Grunde war Zucotic meine einzige Gesellschaft. Weißt du, wenn du jung bist, kann ein erfahrener Schildfisch dich sogar davon überzeugen, daß er dir nützlich ist. Als mir dann allerdings auch noch Petrovic und Lopez am Bauch hingen, begriff ich, daß es Zeit war, etwas zu unternehmen, und begann einen Hai zu suchen, der mir helfen könnte. Jemand, der einem einen Gefallen erwidert. Und so lernte ich deine Mutter kennen, Ljuba.«

»Hatte sie viele Schildfische?«

»So viele, daß ich nur ihre Flossen sah. Aber das war nicht wenig, kann ich dir sagen. Die Brustflossen waren dick wie Rochen, die Schwanzflosse so beweglich wie Algen in der Strömung, und auch ihre Schwanzwurzel konnte sich sehen lassen. Doch es waren vor allem die Augen, die einem auffielen: rot und tiefliegend in ihrer Spalte, böse wie Gift.

»Habt ihr euch gleich verstanden?«

»Na ja, die ersten Kontakte waren schwierig, auch weil

Schildfische nicht dumm sind. Sie erkennen die Gefahr und denken nicht zweimal darüber nach, bevor sie dir die Zähne in die Haut schlagen. Mit der Zeit fanden sich ihre und meine Parasiten sympathisch. Und dann freundeten sie sich sogar an. Denk nur, irgendwann vergnügten sich meine Schildfische mit ihren, und wir streichelten uns mit den Flossen und blickten uns ins Auge.«

»Konntet ihr nicht … ich meine …«

»Ihre Schildfische waren vor allem auf dem Geschlecht.«

»Und du konntest sie nicht wegnehmen?«

»Doch, sicher, aber sie wollte nicht. Sie hatte Angst, schwanger zu werden.«

»Das ist ja bei allen Haimädchen so.«

»Jedenfalls war mir das irgendwann zuviel, so hingehalten zu werden, und ich verschlang ihre Schildfische. Sie tat dasselbe mit meinen, und daraus entstand eine große Liebe. Frei von jeder Fessel, verzehrte uns wilde Leidenschaft, Junior. Wir liebten uns im ausgeschlachteten Körper von Walfischen, im Fleisch unserer Beute. Nur mit den Fetzen anderer zwischen den Zähnen konnten wir uns daran hindern, uns gegenseitig zu verschlingen, verstehst du? In jede Meerestiefe trugen wir Skandal und Vernichtung, Liebe und Tod, Wollust und Trauer. Natürlich blieb es nicht aus, daß wir selbst auch Kratzer abbekamen. So war eines Tages die Konzentration ihres Blutes im Wasser höher als die ihrer Hormone. Da mußte ich sie auffressen. Und während ich sie zerfleischte, sah ich plötzlich dein Köpfchen auftauchen. Tiefer Ozean! Ich war wirklich ganz gerührt. Deine Rückenflosse war nicht viel größer als eine Schuppe. Du bist ein Frühchen, Junior, auch deshalb bist du so behindert.«

»Ich bin doch gar nicht behindert, Papa.«

»Doch, das bist du. Und zwar durch meine Schuld. Es kann nicht schön sein für einen Kleinen, zusehen zu müssen, wie der Vater die Mutter vertilgt und ihm keinen Happen übrigläßt. Haß, Schuldgefühl, Angst... Zum Schluß ist man so ein Wicht wie du. Man wird ohne Bosheit groß und ist kein bißchen blutrünstig. Eben habe ich gesehen, wie du mit diesem Dorsch herumgespielt hast. Wieso hast du ihn nicht getötet?«

»Ich fand ihn so nett, Papa.«

»Siehst du...«

»Es muß doch eine Möglichkeit geben, zu leben, ohne seinem Nächsten weh zu tun.«

»Sicher! Leben auf meine Kosten. Wie ein verdammter Schildfisch. Verflucht, ich habe dir doch schon erklärt, daß man mit nichts soviel Gutes tun kann wie mit dem Bösen. Die verstehen hier einzig und allein die Sprache der Zähne. Wir halten doch diesen verdammten Ozean in Schwung, klar? Stell dir mal vor, was passieren würde, wenn jeder Versager hier einfach so leben dürfte, ohne gefressen zu werden.«

»Vielleicht würden wir alle viel entspannter schwimmen, vielleicht würden wir lernen, uns gegenseitig zu respektieren.«

»Respekt mußt du dir verdienen, mein Kleiner, auch den Respekt eines Herings. Sie wissen, daß es zu ihrem Besten ist, wenn wir sie töten, deshalb respektieren sie uns.«

»Aber...«

»Aber dich respektiert niemand, Junior. Sieh dich doch mal um: Die Thunfische und die Zackenbarsche lachen über dich. Du redest wie ein Schildfisch, und du benimmst dich wie ein Schildfisch, hängst immer an meiner

Flosse. Du wirst langsam ein Parasit, verdammt! Neulich, als mich dieser Typ gefragt hat: ›Soll ich ihn dir abnehmen?‹, was glaubst du, wie ich mich da gefühlt habe? Sein Sohn hat in deinem Alter schon fünf oder sechs Babysitter verschlungen, weißt du das? Du kannst nicht so weitermachen. Der Name Viskovitz verpflichtet schließlich.«

»Ich habe einfach andere Interessen, Papi.«

»Sicher, mit Kugelfischen und Seepferdchen herumtändeln. Kieselalgen sammeln. Hör mir mal gut zu: Heute abend kommen Lara und ihre Töchter zum Essen. Blamier mich bitte nicht noch einmal so wie neulich mit den Walrossen oder gestern abend beim Fischerfressen.«

»Wieso, was habe ich denn gemacht?«

»Du hast mehr als dreihundert Zähne, Junior. Die sind nicht dafür da, um blöd zu grinsen. Ich sage es dir noch einmal: Beim Abendessen wendet man sich nicht schüchtern an seinen Nachbarn und fragt: ›Entschuldigen Sie, können Sie mir bitte diesen Ertrunkenen reichen?‹ Man packt und zerfleischt, zerfetzt und zerstört, reißt den anderen das Zeug aus dem Maul und schlägt seine Zähne auch in sie, habe ich mich klar ausgedrückt?«

»Die anderen Gäste?«

»Ja natürlich. Heute abend wäre es zum Beispiel nett, wenn du wenigstens eines der Mädchen zerfleischen könntest.«

»Aber das sind doch Laras Töchter, und sie ist eingeladen!«

»Klar, du Idiot. Man steuert immer etwas zum Essen bei, das gehört sich so... Schau, da kommen sie. Ich bitte mir gute Manieren aus... Grüß dich, Lara! Hallo, Mädels!«

»Grüß dich, Visko. Und das ist also dein Sohn, nicht wahr? Gut, gut... Uh, uh, uh! Sind das die Thunfische, von denen du mir erzählt hast? Aber Visko, das war doch nicht nötig … silberne Thunfische … was für eine Delikatesse!«

»Ja, Lara. Los, Kinder, lassen wir sie nicht entkommen!«

*Aaargh. Gnarl. Tschop. Slurp. Schmatz. Gasp. Schlurz. Njam. Rülps.*

»Danke für den schönen Abend, Junior. Dein Vater war köstlich.«

»Eure Mutter war auch nicht schlecht. Gute Nacht, Mädels.«

# Wie du aussiehst, Viskovitz!

Schon als Larve war ich ziemlich attraktiv. »Das wird einmal ein großer Drohn«, sagten die Ammen immer wieder. »Wenn das nur der Entwurf ist, dann müßt ihr euch mal das vollendete Werk vorstellen.« Im ganzen Bienenstock wurde meine Metamorphose als wichtiges gesellschaftliches Ereignis begangen, als große Premiere. Kaum daß meine Antennen aus dem Kokon kamen, sprach man aufgeregt von einem Meisterwerk. Die Kritik war einhellig voll des Lobes über »die Farbenpracht, den soliden Bau, die Raffinesse der Modellierung«. Weniger einmütig das Urteil über den Gesamteindruck: »Ziemlich eingebildet, dieses Dröhnchen«, sagten die einen, »aber den Hochzeitsflug gewinnt nicht einfach derjenige mit dem festesten Abdomen und den duftendsten Borsten. Zum Reproduktionserfolg braucht man Köpfchen und gute Flügel…«

»Mag sein…«, entgegneten die anderen, »doch wir leben nun mal in einer matriarchalischen Gesellschaft, und auch wenn er kein Genie oder nicht so schnell mit den Flügeln ist, kann er es mit diesem knackigen Hintern weit bringen.«

Die Königin sorgte dafür, daß diese fruchtlosen Diskussionen ein Ende hatten. Ihre Meinung war die einzige, die zählte, und sie traf die modernste und mutigste Entscheidung: Viskovitz.

Sie mußte allerdings Zugeständnisse an die Tradition machen, und so erschien sie am Tag vor dem Hochzeitsflug in der Wabe der Drohnen und verkündete: »Ich bin Lara Zuckersüß von Mohn, eure Königin und Herrscherin von Gottes Gnaden und zum Wohlgefallen dieser Wabe. Am morgigen Tage findet der heilige Hochzeitsflug statt. Abflug ist wie immer an der Schattenlinie der Steineiche, wenn die Sonne in einem Winkel von sechzig Grad zum Stock steht. Die Regeln des Wettstreits sind unverändert. Wer schneidet, den Gegner sticht oder zwei Fehlstarts hat, wird disqualifiziert und getötet. Und wie es unser Gesetz bestimmt...«, ein Blick aus ihren großen Augen wanderte über uns, »wird der Gewinner des Wettstreits von mir mit Ehre bedacht... Möge der Beste gewinnen, der Drohnigste.«

Ich kann euch versichern, daß sie, als sie das sagte, weder an Petrovic noch an Lopez dachte. In Wirklichkeit war schon heimlich abgemacht, daß sie mich, wenn die Männchen sich nach dem Abflug erst verstreut hätten, unter der verdorrten Eiche treffen würde.

Ich schlief hervorragend und war in Höchstform, als ich aufstand, wepsig wie eine Wespe. Ich vertilgte eine doppelte Ration Honig, glättete die Borsten, schlug mit den Flügeln und fand mich wie alle anderen Bewerber an der Startlinie ein. Ich machte ein paar Aufwärmübungen, ein bißchen Stretching und probte ein paarmal den Abflug. Man kann sagen, was man will, aber der Tag des Hochzeitsflugs ist immer etwas Besonderes. Petrovic wurde von allen angefeuert, denn er war der Favorit, und alle hatten Wetten auf ihn abgeschlossen. Man sah, wie er nervös herumflatterte und Rosmarin kaute, ein Aufputschmittel. Auf das Startsignal hin schoß er los wie ein

Wahnsinniger und setzte sich gleich an die Spitze. Wir anderen nahmen seine Verfolgung auf. Um neunzig Grad gedreht, zog man in den Kurven hoch, brach aus, flog im Zickzack, damit die anderen nicht vorbeikamen. Sich direkt dranzuhängen war wegen der Stacheln zu gefährlich. Die Regeln? Schöne Worte. Ein einziges Brummen, Schreien, Fluchen. Ich hatte bald genug davon, und sobald wir weit genug vom Stock entfernt waren, setzte ich mich ab, segelte sanft zu der Eiche und machte es mir auf einer Mohnblüte bequem.

Sie ließ mich nicht lange warten.

»O mein Held«, stieß sie atemlos hervor, »laßt mich Euch nun Ehre erweisen!« Das Angebot nahm ich, Viskovitz, gerne an.

»O mein Paladin«, erklärte die Herrscherin später, »mir gefällt alles an Euch, Eure Palpe, Euer Submentum, Euer Saugrüssel. Denn die Schönheit hat Euer Gesicht und Euren Namen! Ich weiß, daß ich Euch nach der Tradition nun kastrieren und töten müßte, doch diesmal sei eine noble Ausnahme gemacht. Ich möchte Euch vielmehr fragen, ob Ihr mit mir im Palast wohnen wollt, denn ich glaube, ich kann nicht ohne Euren Körper, ohne Euren Duft auskommen...«

»Ich sehe, daß wir uns verstehen, Kleine. Auch mir mißfällt der Gedanke nicht.«

An diesem Abend zog ich in die königliche Wabe um. Die anderen Männchen wurden verbannt und ausgerottet. Nichts, was ich für sie hätte tun können, glaube ich.

Das Leben des Königs war nicht schlechter, als ich es mir vorgestellt hatte, und unser Honigmond war zuckersüß. Morgens stand ich spät auf und nahm ein Frühstück aus Gelée royale und hochwertigen Pollen zu mir, während die Arbeiterinnen mir die Borsten kräuselten und die Flügel dehnten. Ich wurde sofort Vater, und meine Chromosomen wurden mit einer Auflage von fünftausend Kopien am Tag herausgebracht.

Doch es war kein reines Zuckerschlecken. Als ich eines Tages in die Wabe zurückkam, hockte Lara zusammengekauert vor ihrem Thron und heulte.

»Die Larven, Visko. Jeden Tag muß ich mir fünftausend Namen ausdenken. Ihr könntet mir wenigstens helfen.«

»Nennen wir sie doch alle Viskovitz, das ist kein schlechter Name. Dann haben wir mehr Zeit für uns, mein Schätzchen.«

»Heilige Honigwabe!« platzte sie heraus. »Seid Ihr wirklich ein solcher Dummkopf?! Denkt Ihr tatsächlich nur an Eure Borsten? Bedeckt sie gefälligst, verdammt noch mal! Und haltet die Flügel nicht so gespreizt, wenn Ihr durch den Stock geht, auch Arbeiterinnen sind Frauen! Keine arbeitet mehr hier drinnen: Die Trachtbienen tragen nichts heim, die Honigbienen machen keinen Honig…«

»Nun ja, es ist nicht gerecht, daß der Genuß des Schönen das Privileg weniger Auserwählter bleibt«, wagte ich zu sagen.

»Es reicht!!! Verschwindet!«

Ich sah ein, daß der Augenblick gekommen war, mich davonzumachen. Im Grunde war ich ja auch überhaupt nicht monogam veranlagt, sondern dafür gemacht, von Blume zu Blume zu fliegen und zu bestäuben. Ich war immer der Meinung gewesen, daß die Pflege und Verbreitung der Schönheit nicht mehr und nicht weniger als meine Pflicht sei. Mit dieser Einstellung hatte ich mich immer gebräunt und parfümiert und mich bemüht – wie soll ich sagen – Künstler, Werk und Promoter in einem zu sein.

Und mein Image zu vermarkten war leichter, als ich gedacht hatte. Der Hofstaat arrangierte Treffen mit den Königinnen, und Tag für Tag wurden meine Gene in neue Versionen übertragen und in Millionen von Exemplaren verbreitet. Es war eine Apotheose. Doch die Monarchinnen waren es nicht gewohnt zu teilen, und auch die Arbeiterinnen begannen ihren Teil zu fordern. Diplomatische Verwicklungen und soziale Spannungen waren die Folge. Schließlich sogar ein paar Kriege zwischen den Stöcken und zwischen den Kasten. Mein Leben wurde zur Hölle.

So beschloß ich, Schluß zu machen. Häßlich zu werden. Ich schlich mich zu den Erdnestern der Einsiedlerbienen und begab mich auf die Suche nach dem Bau einer gewissen Ljuba, einer Biene, die für ihre Künste in der plastischen Wachschirurgie bekannt war. Ich nahm in einem eleganten Wartezimmer Platz, das mit Seide ausgeschlagen und mit Harzen und öligen Sekreten abgedichtet war. Als ich sie im Licht sah, erkannte ich, daß sie mein eigenes unglückseliges Schicksal teilte: Sie war wunderschön. Die gleiche »Farbenfreude« meiner Borsten, die gleiche »delikate Ausprägung« meiner Mundwerkzeuge, der gleiche »rhythmische Schwung« meines Körpers. Mit einem Wort, sie hatte das, was keine andere Biene in den Stöcken besaß: Persönlichkeit. Und obwohl sie Honigkörbchen und Wachsdrüsen hatte, war sie ganz entschieden weiblich und geschlechtlich.

»Lieber Himmel!« stammelte sie, sobald sie mich sah. »Man hat mir von dir erzählt, aber ich habe wirklich nicht geglaubt...«, sie war überwältigt von der Intensität jenes Augenblicks, »... daß man einem Geschöpf solchen Glanz, eine solche Silhouette verleihen könnte...«

»Offen gesagt habe auch ich nicht geglaubt, daß …« Ich war aufgeregt wie eine kleine Larve.

Verdammt, sagte ich zu mir selbst, zum ersten Mal treffe ich eine Biene, die mich wirklich versteht, die meiner Schönheit einen Sinn geben kann, und ausgerechnet sie muß ich bitten, mich zu entstellen! Ich versuchte ihr den Grund meines Besuchs zu erklären.

»Aaaaaah«, stöhnte sie. »Das klingt ja nach Gotteslästerung! Sowas könnte ich niemals! Wenn ich ein Insekt operiere, dann, um Formen zu schaffen, die den deinen gleichen. Und jetzt, wo ich die Vollkommenheit erblicke, bittest du mich …«

In den Zellen ihrer Facettenaugen erschien tausendfach mein Bild, und in den meinen tausendfach das ihre. Jedes ihrer Bilder reflektierte seinerseits Tausende Bilder von mir, die Tausende Bilder von ihr spiegelten, in einem Einklang visueller Ekstase, die sich über jede Sättigung hinaus verlängerte …

»Laß uns zusammen fliehen, Visko, die Welt soll unser Nest sein, das Leben unser Nektar …«

»Nein, Ljuba, es wäre immer nur das gleiche. Ich weiß, wie grausam es ist, doch wir müssen uns zwischen der Schönheit und dem Leben entscheiden.«

»Nicht jetzt«, säuselte sie. »Für eine Nacht feiern wir ihre Vereinigung …«

»Aber Ljuba … Wir können doch keine Kreaturen auf die Welt bringen, die dazu bestimmt sind, unglücklich zu werden. Bei Eltern wie uns wären ihre Züge …«

»Du wirst schon sehen, ein bißchen Wachs kann Wunder wirken …«

Am nächsten Tag zeigte sie es mir. Wir schworen uns ewige Liebe, egal, welche Masken wir im Leben tragen müßten, und dann bewies sie mir ihre Hingabe, indem sie mich in einem Grade häßlich machte, daß es keinem anderen Insekt in den Sinn kommen würde, sich mir zu nähern. Mit ihren Wachsprothesen verunzierte sie meinen Kopf auf monströse Weise und machte aus meiner Figur ein »abstoßendes, reizloses und überbordendes Etwas«. So war es mir endlich möglich, über die Felder zu flattern, ohne belästigt zu werden, und die einfachen Freuden des Lebens wiederzuentdecken: Liebe, Arbeit, Familie.

Ljuba legte im Frühjahr Eier, und ich half ihr, die Brutzellen zu nähren, über die Brut zu wachen und Räuber und Parasiten fernzuhalten. Unser Leben verlief in heiterer Gelassenheit, doch der Gedanke an das Wachs quälte mich: Es war klar, daß wir es auch den Kleinen auftragen müßten, andernfalls würden sie uns aus den Tarsen gerissen. Eine Weile könnte das funktionieren. Doch was würde geschehen, wenn unsere Masken in der Sommerhitze schmolzen? Es war schon April ...

Eines Abends, als ich in die Erdhöhle zurückkehrte, verkündete mir eine Larve: »Sie sind geboren und sehen dir ähnlich.«

*»Mir?«* fragte ich zurück und deutete auf meine wächsernen Anhängsel. Sicherlich nicht diesen Teilen, sagte ich zu mir selbst. Höchstens Ljuba. Ich sah unten in den Zellen nach. Die Larve hatte recht. Es konnte kein Wachs sein, weil sie gerade erst geschlüpft waren. Sie waren mir ähnlich, den Implantaten, die ich trug, sie waren kahl, glanzlos und deformiert!

»Ljuba!!!« schrie ich. »Was ist denn das, verdammt noch mal? Wer ist der Vater dieser Ungeheuer?!?«

»Das bist du, Visko, das schwöre ich dir«, antwortete sie. Die Tränen liefen ihr übers Gesicht und lösten ihre wächsernen Züge auf, enthüllten ihre grauenvollen Aphanipterapalpen, noch häßlicher als die der Kleinen. Ich war der Ohnmacht nahe.

»Verzeih mir, Visko, doch ich hatte nicht den Mut, es dir zu sagen… Komm, sei nicht so. Was zählt, ist doch, daß man Schönheit zu schaffen weiß. Haben wir uns nicht geschworen, uns zu lieben, egal, welche Masken wir anlegen müßten? Wer von uns beiden darf sich beklagen? Du, der du dir meine Häßlichkeit nur vorstellen mußt, oder ich, die ich gezwungen bin, die deine jeden Tag vor Augen zu haben? Ich bringe alles in Ordnung, du wirst schon sehen, auch die Kinder werde ich herrichten, sie brauchen nur ein bißchen… Stil.«

Vor meinen Augen begann sie, die Kleinen mit Wachs zu schminken. In weniger als einer halben Stunde gelang es ihr, sie in zwei pausbäckige und unschuldige Puppen zu verwandeln, kleine liebenswerte und niedliche Dickerchen, Kinder, wie alle Eltern sie gerne hätten oder wenigstens ansehen möchten. Ich glaubte zu träumen.

»Jetzt dürfen wir sie nicht zum Weinen bringen, sonst löst sich alles auf«, ermahnte sie mich. »Halt dein häßliches Wachsgesicht fern, du könntest sie erschrecken.«

Was sollte ich tun? Es waren ein Junge und ein Mädchen, wir nannten sie Junior und Sherba. Ich versuchte, mir selbst einzureden, daß nichts geschehen sei. Im Grunde war sie die Biene, die mich glücklicher gemacht hatte als jede andere. Das war die *Realität,* die zählte. Doch was würde geschehen, wenn das Wachs sich auflöste? Ich wagte nicht, mir das vorzustellen. Denn wenn die Kleinen so häßlich waren, obwohl sie einen Vater wie mich hatten, wie mußte dann erst Ljuba aussehen?… Es war schon Mai.

Eines Tages, auf dem Rückweg zum Nest, sah ich mir zur

Zerstreuung einen Hochzeitsflug an. Sechs Königinnen waren am Abflug, und ich empfand ein kleines bißchen Wehmut. Ich hatte einen Platz gegen die Sonne gefunden und zog gerade ein bißchen Pollen aus den Körbchen, um einen Stich zu machen, als ich merkte, daß irgend etwas nicht stimmte. Es war plötzlich ganz still geworden, und alle Augen, Facetten oder nicht, waren auf mich gerichtet.

Verdammt, die Sonne! dachte ich. Sie läßt das Wachs zerfließen. Ich flatterte wie wild mit den Flügeln und flog los, doch die Königinnen waren schon da. Sie begannen mich an den Membranen, den Borsten, den Antennen zu zupfen.

»Ich ergebe mich«, schrie ich, »zerreißt mich nicht!« Verblüfft ließen sie auf einen Schlag von mir ab.

»Wachs! ... Der ist ganz voll Wachs!« Sie reinigten mich mit den Putzern und sahen mich weiter wütend an.

»Wie häßlich er ist! Dabei sah er so interessant aus ... Und dann ist er so ein Dickerchen wie all die anderen!«

All die anderen? Erst als ich die anderen Drohnen ansah, begriff ich. Keine Borste verstrubbelt, kein Detail wirkte banal. Alle waren meine Kinder. Kein Wunder, daß sie aussahen wie ich. Ich war der Vater der gesamten neuen Generation, der ganzen elenden Nation, auch die Arbeiterinnen trugen meine Züge. Sie waren jetzt durchschnittlich.

»Vertreibt diesen Betrüger!« Mit Tritten und unter Beschimpfungen jagten sie mich davon.

Ljuba sah mich höhnisch von einer Blume aus an. Die Sonne ließ ihr Wachs zerfließen und enthüllte die ganze Monstrosität ihres Gesichts und ihres Körpers. Schauernd begriff ich, daß die Kritik einhellig voll des Lobes sein würde über die »Farbenpracht, den soliden Bau, die Raffinesse ...«

# Trink einen drauf, Viskovitz

»Papa, ich will aufhören zu trinken.«

»Red keinen Unsinn, Visko, du bist ein Schwamm.«

»Was heißt das? Daß ich mein ganzes Leben lang an diesem Felsen hängen muß und Wasser filtern und strudeln wie eine Pflanze?«

»Du bist eine Pflanze, Visko, oder meinetwegen ein Zoophyt. Was sind denn das für Reden...«

Ich war verzweifelt. All meine Versuche, ein schwimmendes Leben zu führen und Ideale zu verfolgen, scheiterten. Ach, hätte ich doch Muskeln, um mich bis zu der Kalkschwämmin, die ich liebte, zu bewegen und mich mit ihr zu einem einzigen Sykonschwamm zu vereinigen. Ach, hätte ich doch Augen, um sie anzusehen, einen Mund, um ihr zu sagen, daß ich sie liebte!

Von meiner Schönen kannte ich nur den Stickstoffduft, der mir von der Strömung zugetragen wurde. Jenen Schwebeteilchen hatte ich eine Form gegeben, Poren und einen Namen: Ljuba.

Die einzige Möglichkeit, unsere Liebesgeschichte zu krönen, wäre, Ljuba mit ein paar Samenfädchen zu erreichen, doch die Strömung trug sie immer wieder in die entgegengesetzte Richtung, auf meine Mama, meine Schwestern und meine Großmütter zu, was zu allen möglichen familiären Peinlichkeiten und genealogischen

Komplikationen führte. Die Situation wurde durch die periodischen Geschlechtswechsel, die wir hermaphroditischen Schwämme schlucken müssen, noch mißverständlicher. Es war für mich nicht leicht zu akzeptieren, daß mein Vater die Frau seiner Mutter war, seine Tochter, also meine Schwester, sein Großvater und seine Großmutter auch sein Bruder, also mein Onkel. Diese Beziehungen wurden durch die Anhäufung der Körper noch morbider: Es war schwer zu verstehen, wo du aufhörtest und deine nahen Verwandten anfingen. Und es war nicht einfach, eine gesunde Persönlichkeit zu entwickeln, wenn die Divertikel deiner Geißelkammern gleichzeitig einer invaginationierenden Mutter, inzestuösen Schwestern und einem bisexuellen Vater gehörten. Wenn die einzigen anatomischen Merkmale, auf denen du eine Identität aufbauen konntest, das Gastrallager und das Osculum waren.

Das Drama, eine Pflanze zu sein, war die Unmöglichkeit, sich umzubringen. Der Vorteil, ein Schwamm zu sein, war die Möglichkeit, einen darauf zu trinken.

Ich betete, daß etwas geschehen möge. Ein Erdbeben, eine ökologische Katastrophe; daß ein Tintenfisch mir helfen würde, was weiß ich. Und schließlich änderte sich etwas. Die Strömung. Sie wechselte die Richtung und versetzte mich endlich in die Lage, die Schwämmin, die ich liebte, zu befruchten! Ah! Ich war voller Freude und Erregung! Ich dachte gleich daran, meine Spermien in Gemmulae zu verpacken und das Zielschießen zu beginnen.

Aber ich fand keine.

»Papa«, schrie ich, »ich bin zeugungsunfähig!«

»Du bist nicht zeugungsunfähig, Visko, du bist weiblich, wie ich auch.«

Mir wurde ganz elend zumute. Wie konnte man nur solches Pech haben? Weiblich. Und inzwischen war Ljuba männlich geworden, und ihre Ejakulationen konnten mich nicht erreichen, weil ich mich jetzt von ihr aus gegen den Strom befand!

Wer den Schaden hat, braucht für den Spott nicht zu sorgen: Die Spermien von meiner Mama, meinen Schwestern und meinen Großmüttern begannen auf mich einzuprasseln …

»Verdammt«, fluchte ich, »verdammt!«

Auch meine Tochter hatte mich geschwängert.

Ich war meine eigene Schwiegermutter, verdammt, *meine eigene Schwiegermutter!!!*

Aber vielleicht hat es etwas Gutes, seufzte ich. Wer weiß, ob ich so nicht anfange, die Schwiegertochter in mir zu hassen. Wer weiß, ob mich so mein Unglück nicht schließlich glücklich macht.

# Da wird man zur Bestie, Viskovitz

Was blieb – knurrte ich vor mich hin – von unserem Naturparadies, dem Ngorongorokrater, dem größten Krater der Erde, der Wiege der Schöpfung? Um mich herum sah ich nur eine vom Naturfilmbusineß korrumpierte Kinowelt. Es ging einzig und allein darum, sein Fell zu zeigen, von sich reden zu machen. Und wenn er dann da war, der Erfolg? Seit dem Tag, als ich einer der Hauptdarsteller in einer Serie über Raubkatzen geworden war, gehörte ich zu den Stars im Park, verfolgt von Kameraleuten, Zoologen und Tierfreunden. Ich hielt es einfach nicht mehr aus. Ich hielt die Entourage schicker Raubtiere und snobistischer Wiederkäuer nicht mehr aus, ich hielt es nicht mehr aus, Hyänen über Überblendungen und Halbtotalen heulen zu hören. Ich war urlaubsreif.

Eine junge Thomsongazelle kam auf mich zu, ein ziemlich fotogener Typ, grazil, nicht mehr als sechzig Zentimeter im Widerrist. Der Schimmer ihres Fells hätte viele der mir bekannten Starlets neidisch gemacht, doch sie bewegte sich natürlich, schien keine der üblichen geistlosen Lolitas zu sein. Sie fragte mich, ob ich Viskovitz der Löwe sei. Nutzlos, es zu leugnen.

»Zerfleisch mich, ich bitte dich.«

»Das läßt sich arrangieren«, seufzte ich, »aber du müßtest zuerst Probeaufnahmen machen.«

»Du hast mich nicht richtig verstanden. Ich meine es

ernst. Siehst du das hier? Das ist ein Halsband mit einem Sender. Siehst du die Narben? Die sind von Betäubungsgeschossen. Und siehst du die Schildchen in den Ohren? Ich habe keine Ruhe mehr, verdammt!« Sie spielte nicht, sie war wirklich unglücklich.

»Ich verstehe dich, meine Liebe, aber da bist du bei mir an der falschen Adresse.«

»Ich bin sehr zart, ich habe immer nur junge Triebe gefressen.«

»Daran zweifle ich nicht. Aber was du gesehen hast, das waren Dokumentarfilme. Du glaubst doch nicht etwa, daß ich ...«

»Und was tun die Aasfresser da? Warten die nicht auf das, was von mir übrigbleibt?«

»O nein«, lächelte ich. »Die Hyäne ist Zucotic, er hält sich für meinen Agenten. Der Schakal und der Hyänenhund, das sind Petrovic und Lopez, zwei Komparsen. Sie machen immer solche Gesichter.«

»Na gut, aber irgendwo wird es doch noch eine richtige Bestie geben ...«, meinte sie ungeduldig.

»Nicht im Ngorongorokrater. Hier ist es bei Fleischfressern Mode, Vegetarier zu sein; völlig ausgeschlossen, lebende Tiere zu reißen. Höchstens wenn ihnen eins eine Großaufnahme vermasselt. In einem solchen Fall würde auch eine Antilope ihre Zähne gebrauchen. Ich habe allerdings gehört, daß es außerhalb des Kraters in der Serengeti anders zugeht, ein bißchen wie in den alten Zeiten. Ich rate dir, es dort unten zu versuchen.« Ich schüttelte die Mähne Richtung Mandusi. »Aber gib acht: Dort könnte dir das Leben gefallen.« Mit einem Seufzer wandte sie ihr Schnäuzchen in die Richtung.

»Dort unten?«

»Ja, jenseits des Sees ist ein Weg, der zur Krone hinaufführt. Frag noch einmal, wenn du in Seneto bist… Ach, weißt du was? Ich begleite dich ein Stück, das wird mir guttun.«

Wir durchquerten ein Akazienwäldchen und setzten unseren Weg am nördlichen Ufer des Makati entlang fort, um die Zeltlager, die Landebahn und die Lodges zu vermeiden. Unterwegs gab ich ihr Ratschläge, die ihr in der neuen Umgebung nützlich sein könnten, falls ihr das Leben wieder etwas wert sein sollte. Ich erzählte ihr alte Geschichten über die Masai, über Wilderer und *white hunters,* über die Savanne von einst, als die Mähne des Löwen noch die Krone eines Königs und unser Gebrüll Gesetz war. Während ich das tat, schlug mein Herz heftig, und ich meinte, den Krater meiner Kindheit wiederzusehen, als sich über dem See Flamingos, Krickenten, Ibisse und braune Sichler, Marabus, weiße Löffler und Blatthühnchen in die Lüfte erhoben und im Mandusi unter den Augen von Reihern, Witwenvögeln und Fächerschwänzen die Flußpferde dösten.

Die junge Gazelle gestand mir, daß sie auf diesen Weiden nichts zurücklasse, woran ihr Herz hing, daß es niemanden gebe, bei dem es die Mühe lohne, auf Wiedersehen zu sagen, und daß sie kein Herdenverhalten mehr kenne, seit ihr Leitbock beschlossen habe, die Fortpflanzung aufzugeben, um die Art auszudünnen und in der Wertschätzung des *Wildlife management* zu steigen. Ich versuchte, sie zu trösten, doch konnte meinerseits nicht anders, als mich über die Autoritätskrise des männlichen Raubtiers zu beklagen, über die Anmaßungen der Löwinnen, die immer muskulöser, vorlauter, ehrgeiziger würden, über unsere Gemeinschaft, die inzwischen schon fast so schlimm wie die der Hyänen geworden war, die seit Jahr und Tag in einer matriarchalischen Gesellschaft lebten – mit den allseits bekannten Ergebnissen.

Unter Lachen und Scherzen erreichten wir die Böschung, und dort beschloß ich, bis zum Kamm mitzugehen, um einen Blick auf die andere Seite zu werfen: den Kilimandscharo, die großen Steppen, den Viktoriasee. Nach Herzenslust den Blick schweifen zu lassen, erklärte ich ihr, würde mir einmal richtig guttun. In Gipfelnähe beschlossen wir, eine Pause einzulegen. Wir drangen auf einem Weg, den Elefanten und Büffel im Gebüsch gebahnt hatten, weiter vor und fanden einen Rastplatz in einem Wäldchen aus Nuxien, Schirmakazien und knorrigem Wacholder. Außer uns waren nur noch eine Meerkatze und ein paar gelbe Paviane in Sichtweite. Wir streckten die Beine aus und betteten den Kopf auf das Moos einer Mangrove. Sie weinte still, mit kurzen Schluchzern. Ich hatte eine Pranke auf ihre Schulter gelegt und fragte mich, wie es sich wohl anfühlen mochte, wenn man die Zähne in diesen schlanken Hals grub, wenn man blutige Fetzen aus diesem jungen Fleisch riß. Wahrscheinlich Völlegefühl im Magen, Übelkeit und Schuldvorwürfe, aber vielleicht auch eine schreckliche Lust …

»Du riechst gut«, meinte sie plötzlich.

*»Pardon?«* Das Hinterbein hatte den Geruch einer Achsel freigegeben. Nahm sie mich auf den Arm?

»Du riechst so gut nach Löwe, ein männlicher Duft.«

»M-m-männlich?«

»Ja, ihr Löwen seid die schönsten Männer der Savanne, so königlich, muskulös … Was ganz anderes als diese Memmen von Pflanzenfressern. Hast du dich je gefragt, warum bei den Wiederkäuern sowohl die Männchen wie die Weibchen Hörner haben?«

»Nein, ich...«

»Weißt du, unter uns Horntieren gibt es fast keinen sexuellen Dimorphismus... und ich fand es immer ekelhaft, mit solchen Typen zu gehen...« Sie wandte sich zu mir um, und ihr Überaugenstreifen senkte sich schmachtend, verführerisch, während der Wind ihr Fell zerzauste.

Was konnte ich tun? Es mag die Hitze gewesen sein, die Einsamkeit...

»O Visko, es war wunderbar!« sagte sie nachher.

»Ja, es war schön«, log ich. Es war nicht schön, es war phantastisch. Diese junge Gazelle hatte mehr Weiblichkeit als alle Diven meiner Umgebung zusammengenommen, ein Pantheon von Großkatzen, die inzwischen davon überzeugt waren, daß es sich bei Fleischeslust um Beefsteaks handele. Und mir gefiel auch ihr Name: Ljuba...

»Schade, daß es nicht dauern kann«, fiepte sie.

»Uh? Was meinst du damit?«

»Was für eine Zukunft hätten wir? Wir können uns ja nicht immer hier oben verstecken, früher oder später müssen wir hinunter in die Ebene. Wenn wir in die Serengeti gehen, wird mich irgendeiner dort unten zerfleischen. Du hast weder das Alter noch die Erfahrung, mich gegen diese Räuber zu verteidigen, scheint mir. Aber auch wenn wir mit heiler Haut davonkämen, müßten wir uns mit der Mentalität einer Umgebung auseinandersetzen, die seit dem Tag der Schöpfung mehr oder weniger gleich geblieben ist, nicht? Und selbst wenn wir zurückzukehren beschlössen, sähe es nicht besser aus: Stell dir nur vor, was geschehen würde, wenn die Medien von einer Geschichte wie der unseren Wind bekämen. Und außerdem, was wären wir für ein Beispiel für unsere Jungen? Es ist zwar gut, nicht rassistisch zu sein, aber unter den Arten muß doch Distanz gewahrt werden. Sogar hier oben wären wir nicht wirklich in Sicherheit: Vergiß nicht, daß ich ein Senderhalsband habe und sie uns früher oder später finden würden. Adieu, Visko.« Eine Träne stahl sich aus ihrem Auge, dann wandte sie das Schwänzchen ab und ging, sich in den Hüften wiegend, auf den Hang zu, Richtung Olduvai und Serengeti.

»He, einen Moment. Einen Moment…« Doch sie trippelte und sprang schon wie ein Kliffspringer den Hang hinunter, und ich hatte keine Chance, sie einzuholen. Was sollte ich tun? Ich blickte mich um. Das Panorama war atemberaubend. Einen Moment hielt ich inne, um mich am Anblick dieser Weite, der wilden, endlosen Hochebenen, die sich Tausende von Meilen bis zum Masai Mara erstreckten, zu berauschen… Zu meiner Linken sah ich den Ndutusee und die Savannen von Maswa, zur Rechten die Schluchten des Olduvai… Das Herz schlug mir wie einem jungen Löwen. Nur Mut, alter Simba, sagte ich zu mir, wer hat behauptet, daß du zu alt für ein solches Leben bist?

Ich schlug den Pfad ins Tal ein und setzte in gutem Schritt meinen Weg fort, entlang der Straße, die über den Naabi Hill in die Serengeti führte. Als ich vorbeikam, erhoben sich Kronenkraniche, Sekretäre, Trappen und Sporenkiebitze in die Luft. Hier galt ein Löwe noch etwas.

Schließlich erreichte ich eine endlos weite Steppe, aus der die kolossalen Granitmassen einiger *Kopje* herausragten. Dort weideten Thomson- und Grantgazellen,

Zebras, Schwarzschwanzgnus, Kuh-, Leier- und Beisaantilopen und Strauße unter dem wachsamen Auge von Geparden, Hyänenhunden, Schakalen und ein paar meinesgleichen. Ich konnte nicht anders, als die würdevolle Eleganz dieser Wiederkäuer zu bewundern, und ich überraschte mich dabei, wie mein Blick auf ihren geschwungenen Kruppen verweilte. Ich sah die einfachen Dinge der Natur mit neu erwachter Empfindsamkeit: Da waren die schlanken Hälse der Beisa- und der Steinantilopen, die Flecken der Kudus und Bongos, das kurze Haar der Impalas, die Schwänzchen der Dik-Diks und die kleinen Popos der Giraffen. Ich weiß nicht, ob es Überlebensinstinkt oder Scham war, was sie ein wenig verschreckt, tuschelnd und mit eingezogenen Schwänzen vor mir weglaufen ließ.

Höflich grüßte ich den ein oder anderen Räuber, doch mir war nicht danach, sie um Informationen zu bitten. Sie hatten den luchsartigen Blick von Serienkillern. Diese Typen machten keinen Spaß, sie machten Beute. Und wer weiß, welche Dinge, die uns kein Dokumentarfilm zeigte, sie sonst noch mit ihren Opfern trieben. Mit einem Schauder dachte ich an Ljuba.

Eine Woche lang suchte ich bis zur Erschöpfung kreuz und quer, bewegte mich vorsichtig zwischen den Bäumen, voller Bescheidenheit, um nicht die Gefühle der Revierinhaber zu verletzen, und schließlich fand ich sie, in der Gegend des Kopje von Moru. Sie äste in Gesellschaft einer Gruppe kleiner Dik-Diks und großer Moschusböcke. Sie empfing mich eher kühl, doch es gelang mir nicht dahinterzukommen, warum sie so zurückhaltend war. Jedenfalls lud sie mich ein, den Abend mit ihnen zu verbringen. Sie sagte mir, die Grasfresser hier hätten sie adoptiert; sie habe eine neue Familie gefunden, neue Eltern, Brüder und Schwestern.

»Na los, bleib zum Essen bei uns«, stieß sie plötzlich hervor.

»Das scheint mir wirklich nicht angebracht, Ljuba«, wandte ich ein. Doch sie wollte nichts hören.

»Mama, Papa! Ratet mal, wer zum Essen kommt!« Sie bahnte mir einen Weg durch eine Herde von Horntieren, und ich folgte ihr: zahm, schnurrend und ganz Kavalier.

Sie hatten versucht, keine Gefühle zu verraten, doch sie waren wie erstarrt, als hätte sie eine Mamba gebissen. Ich wurde zwei Gazellen vorgestellt, die verlegen und kühl mit mir sprachen, sowie zwei Leierantilopen, die sich darauf beschränkten, mich mit offener Aversion anzustarren. Ich kam zu dem Schluß, daß die ersten beiden Mama und Papa seien und die beiden anderen das Abendessen.

*»Jambo, habari gani? Mimi Viskovitz!«* brüllte ich so politisch korrekt, wie ich konnte, und machte der Gastgeberin Komplimente wegen des Essens.

Es stellte sich heraus, daß ich mich getäuscht hatte. Die beiden Gazellen waren Freunde, die beiden Leierantilopen die Adoptiveltern. Doch jetzt war der Fauxpas bereits begangen: Ich hatte schon zugegriffen.

Den Rest des Abends herrschte peinliches Schweigen.

»Verflixt«, sagte Ljuba dann. »Du hattest mir doch erzählt, du seist Vegetarier.«

»Ja, aber ich dachte, daß hier …«

»Siehst du, ich hatte dir ja gesagt, daß es nicht dauern kann.«

»Du mußt mir Zeit geben, Ljuba.«

»Nein, Visko, wir sind zu verschieden. Willst du das nicht verstehen?«

Ich schüttelte den Kopf.

»Und außerdem bin ich jetzt verlobt.« Sie deutete mit ihrem Schnäuzchen auf die beiden Junggazellen, die beim Essen dabeigewesen waren, eine davon zitterte wie ein Blatt im Wind. »Doch es ist nicht nur das, Visko. Du bist in einem Alter, daß du…« Sie fing an zu rechnen. Wenn sie ein Jahr alt war, konnten fünfzehn Generationen dazwischenliegen. »Also, als Paar wären wir einfach lächerlich, verstehst du? Und die Zeit würde dich ja nicht jünger machen.« Sie schlug die Augen nieder.

Hier endete unsere Geschichte.

Mit eingezogenem Schwanz trat ich den Rückweg zum Krater an. Sie hatte mir weh getan. Nicht so sehr mit dem, was sie gesagt hatte, im Grunde hatte sie ja recht. Doch damit, wie sie es gesagt hatte. Mit dieser Miene voller Mitleid und Verlegenheit. Ich kannte dieses Gefühl, ich selbst hatte es schon empfunden, wenn ich andere Raubtiere die Demütigungen des Alters erleiden sah. Wenn selbst die feigsten Tiere sich über sie lustig machten. Wenn selbst der letzte Produktionshelfer sie vom Set verjagte, weil sie die Totalen verdarben. Wenn sogar die Touristen die Videokameras sinken ließen.

Ich freute mich, meine alten Freunde wiederzusehen, die Mädels, die Kleinen. Sogar die eine oder andere Hyäne.

Seit diesem Abendessen habe ich Wiederkäuer nicht mehr gemocht. Auch nicht mehr gefressen. Abgesehen von dieser Ljuba, oder wie sie hieß, meine ich. Eine Weile lag sie mir ein bißchen im Magen, doch mit der Zeit habe ich es dann doch geschafft, sie zu verdauen, *groar*.

# Du bist ein Tier, Viskovitz

Ich, Viskovitz, war eine Mikrobe.

»Die Größe zählt nicht, Viskovitz«, hörte ich sagen. »Wichtig ist, man selbst zu sein.«

Als wäre das einfach. Ich hatte noch nicht mal genug Zeit, mich an meinen Namen zu gewöhnen, als ich schon zwei Mikroben geworden war, VISKO und VITZ. Und als ich dann erst vier war, VI, SKO, VI und TZ, fühlte ich mich völlig zerschlagen.

Ein bißchen waren wir das alle, damals im Präkambrium. »Was soll man machen«, hieß es, »so ist das Leben.« »Stoffwechsel« schien mir eine passendere Bezeichnung. Unter Spaß verstand man damals, sich in Gesellschaft von Koazervaten und Proteiden zu sedimentieren; Methan und Ammoniak galten als »gute Atmosphäre«.

Als sie anfingen, mich V, I, S, KO, V, I, T, Z zu nennen, begriff ich, daß ich irgend etwas tun mußte. Aber was? Und wer? Ich war auch innerhalb meiner selbst in der Minderheit, die Leute redeten mich mit »ihr« an.

Da hörte ich plötzlich diese Stimme: »V, I, S, KO«, sagte sie zu mir, »es ist Zeit, ein Tier zu werden.«

»Ein Tier?« In meiner Lage mußte jeder Vorschlag in Erwägung gezogen werden: Was für den einen Degeneration war, konnte für einen anderen Evolution sein.

»Ich wüßte nicht, womit anfangen«, gestanden wir.

»Damit, egoistisch zu sein, ganz von sich eingenommen. Wir klammern uns mit aller Kraft an unser kleines Ich, das dürfte nicht schwierig für dich sein …«

Wir versuchten es. Was von mir in meinen acht Mikroben geblieben war, erhob sich voller Stolz und verstärkte die Zellviskosität: Mit heldenhafter Anstrengung schaffte ich die Aggregation in einem einzigen Plasmodium. Das war der erste vielzellige Organismus, glaube ich, und damit das erste wahre Ich. Jawohl, ich, Viskovitz.

»Und jetzt?« fragte ich.

»Hm … Jetzt mußt du lernen, deinen Nächsten zu töten und zu verschlingen. So groß, wie du geworden bist, dürfte dir das nicht allzu schwerfallen.«

»Andere Lebewesen?«

»Sie leben ja nur solange, bis du sie umgebracht hast, Visko. Daran ist nichts Schlechtes, man nennt es *heterotrophes Leben.*«

Gefährlich schien es mir nicht, meine Nachbarn waren ziemlich mickrig. Ich sah mich um und fand sofort die geeigneten Kandidaten: Zucotic die Bazille, Petrovic den Vibrio und Lopez die Spirille. Drei septische und virulente Urkeime, die mich das ganze Archäozoikum hindurch mit ihren Toxinen verpestet hatten. Ich ging hin, machte mich über sie her und verschlang sie. Dies war das erste Beispiel für ›natürliche Auslese‹, ein Konzept, das sehr erfolgreich sein würde.

»Und jetzt?«

»Jetzt mußt du lernen zu … also, etwas zu tun … Nun ja, ich meine … dich mit einem anderen Organismus zu vereinigen und zu rekombinieren. Suche dir irgendeinen, der dir gefällt, und tausche mit ihm ein bißchen DNA aus.«

»Ja aber …«

»Daran ist nichts Unanständiges, Visko, folge deinem Herzen.«

Ich glaubte, daß er sich auf VITZ bezog, die vier Zellen, die sich im Zentrum meines Sarkins bewegten. Mit ein bißchen Phantasie konnte man sie als Herz betrachten. Ich stieß V aus und beobachtete, wohin es ging. Es verduftete gleich, suchte unter Drehungen und Krümmungen des Plasmas das Weite. Ich folgte ihm und paddelte mit den Geißeln, bis ich sah, daß es eine albuminoide Gelatine silbriger Mykoplasmen erreichte, umgeben von langen, fasrigen Wimpern und purpurnen Fibrien. Dort verloren sich seine Spuren.

»He du, Gel!« rief ich. »Irre ich mich, oder hast du dir mein Herz genommen?«

»Die Herzen kommen und gehen hier«, lachte die Herzensräuberin höhnisch. »Was war denn deins für eins?«

»Ein sphärisches Mykoplasma, ziemlich elastisch und nachgiebig, als ich das letzte Mal gespürt habe, wie es schlug.«

»Na gut, das kannst du wiederhaben, wenn du willst. Aber dann mußt du kommen und es dir holen, Plasmodium.«

»Plasmodium ist der Morphotyp, mein Name ist Viskovitz.«

»Und Gel ist vielleicht deine Tante, mein Name ist Ljuba.«

Vorsichtig näherte ich mich ihr und heftete mich an ihre klebrige Masse. Danach stieß ich I ab, verhärtete es und versenkte es in den Körper dieser Ljuba, damit es dort seinen flüchtigen Freund fände. Es endete damit, daß ich auch I verlor: Es entwischte mir und stürzte sich mit Plasma und Periplasma in ihr U.

So erfand ich den Sex. Ich war vielleicht ein bißchen unbeholfen, aber ich war mit dem ganzen Herzen dabei. Ich fragte die Gallerte, was sie davon hielt.

»Sex – das?« Sie bekam einen Lachanfall und wabbelte. »Das nennst du Sex?« Sie lachte sich immer noch krumm, zog den Sipho zusammen und machte sich davon, ohne eine Spur zu hinterlassen. Ich blieb zurück, mein Herz in Stücke gerissen.

Es war diese Leere, die schmerzte, jener Abgrund im Zentrum des Seins. Nicht daß VISKOTZ ein häßlicher Name gewesen wäre, verstehen wir uns richtig, doch es war der Name eines verletzten Plasmodiums, eines in seinem Ich beschädigten Tiers. Ich beschloß, einen Käfig aus Murein um die Reste meines Herzens zu bauen.

»Tu es nicht, Visko«, ermahnte mich die Stimme.

»Schon wieder du!« platzte ich heraus. »Kann man vielleicht einmal erfahren, wer du eigentlich bist?«

»Ich bin ... die Stimme deines ältesten Plasmas. Die Primordialmikrobe, die Protozelle, aus der ihr alle geboren seid, das Ich, das euch alle umfaßt. Du kannst mich VI nennen.«

»VI?«

»Ja, das VI. Das VI von VIsko, deinem Geist, das VI von VItz, deinem Herzen, das VI des Samens, den du vergossen hast, das VI deines ganzen Lebens, mein Sohn.«

»Hör zu, hör zu ...« Es hatte schon seine Logik, was er sagte: Irgend etwas von der ersten Mikrobe mochte noch in mir sein. Und in den anderen.

»Dann wäre ja in uns allen etwas von deinem Plasma, auch in dieser Ljuba, um einmal einen Namen zu nennen.«

»Genau das. Und ich verspreche dir eines: Du wirst sie

wiederfinden, Visko, du wirst sie wiederfinden. Und vielleicht läuft es dann ein bißchen besser für dich. Vielleicht.«

»Und warst du etwa auch in Zucotic, Petrovic und Lopez?«

»Ja, und das bin ich noch. Auch ihnen wirst du wiederbegegnen, Visko, so stelle ich mir das wenigstens vor...«

»Sollen die sich auch entwickeln?«

»›Entwickeln‹ ist ein Wort, das mir nicht gefällt; ›verändern‹ macht Spaß, Viskovitz.«

»Einen Augenblick. Du hast mich Viskovitz genannt, doch du weißt sehr gut, daß dieser Name keinen Sinn mehr hat.«

»Ich weiß, was ich sage. Schau in dein Herz, und du wirst sehen, daß ich recht habe. Los, hab keine Angst, das ist keine spirituelle Übung...«

Ich beugte mich über mich selbst, unterzog die Polysaccharide der Hydrolyse und schaute verstohlen in mich hinein. Natürlich sah ich nur T und Z. Aber bei diesem nahen Kontakt begannen das V und das I von Visko wiederaufzuleben. Sich zu duplizieren, zweilappig zu werden, sich einzuschnüren und sich zu teilen. Wenige Minuten später war die Regeneration komplett, und ich hatte VITZ vor mir.

»Es werde ich...«, schrie ich. Ich war wieder ich, das alte Tier, besser in Form denn je. Gut, sagte ich mir, großartig, jetzt hält mich keiner mehr auf, jetzt ist der Augenblick gekommen, allen eine Lektion zu erteilen. Diebisches Ökosystem! Ich lachte und weinte gleichzeitig, als wäre ich noch ganz klein. Ich war sicher, daß aus meinen salzigen Tränen das Meer entstehen würde, jawohl, das Meer, und von da aus würde das Leben beginnen, das richtige Leben...

»Bravo, jetzt bist du ein Tier«, beglückwünschte mich die Stimme, »aber eine Sache mußt du noch lernen ...«

»Laß hören. Die Meiose? Die Fermentation? Die Ontogenese?«

»Den Tod, Visko.«

»Du machst Witze.«

»Du bist keine Mikrobe mehr, Visko. Und Tiere sterben.«

»Einen Moment, Freund, einen Moment ... Ich soll auf alles verzichten?«

»Auf alles.«

# Inhalt

## Lorna Landvik

### *Patty Jane's Frisörsalon*

*Roman. Aus dem Amerikanischen von Mechtild Sandberg. 383 Seiten. SP 2710*

Ein gefühlvoller, tempogeladener Roman, in dessen Mittelpunkt ein verrückter Frisörsalon steht: Die patente Patty Jane und ihre verträumte Schwester Harriet, beide zunächst vom Pech in der Liebe verfolgt, nehmen ihr Leben selbst in die Hand und richten einen Laden ein, der bald zum beliebtesten Treffpunkt der Nachbarschaft wird, denn hier finden auch Kochkurse, Diashows und Tanzfeste statt. Bis Patty Jane und Harriet ihr neues Liebesglück finden, müssen noch einige dramatische Situationen gemeistert werden – bei denen weiblicher Zusammenhalt und das Herz am rechten Fleck von unschätzbarer Hilfe sind.

»Ein spritziger und zugleich nachdenklicher Unterhaltungsroman.«
Brigitte

### *Die Oase am Flammensee*

*Roman. Aus dem Amerikanischen von Mechtild Sandberg. 366 Seiten. SP 3073*

Devera und BiDi, zwei Busenfreundinnen, gehen flott auf die Vierzig zu und teilen alle Probleme, die sie mit Mann und Kindern haben – und mit dem Älterwerden. Devera stürzt sich in eine Affäre, BiDi verfällt dem Schlankheitswahn. Und ihre Ehemänner verfolgen ziemlich hilflos den emotionalen Zickzack-Kurs der beiden Damen. Doch dann drohen die kleinen Alltagsturbulenzen zu eskalieren…

»Lorna Landviks ironisch-kluger Familienroman schildert die mittleren und großen Katastrophen eines Sommers in Minnesota. Bis alle Beteiligten erkennen, daß das große Glück mit dem kleinen beginnt.«
Brigitte

## Anne Morrow Lindbergh

### *Halte das Herz fest*

*Die Hochzeit. Aus dem Amerikanischen von Maria Wolff. 258 Seiten. SP 513*

»Halte das Herz fest« ist ein mutiges Buch, in dem sich eine Frau mitteilt, die jede Verherrlichung scheut und den Fragen und Konflikten des Daseins ihre ganze reife Persönlichkeit entgegenstellt.

### *Verschlossene Räume, offene Türen*

*Jahre der Besinnung. Aus dem Amerikanischen von Elisabeth Piper. 331 Seiten. SP 1658*

»Wer Charles Lindbergh als Jahrhundertmenschen sieht, liest die literarischen Notizen seiner Ehefrau nicht ohne Erregung.«

Frankfurter Allgemeine Zeitung

### *Blume und Nessel*

*Jahre in Europa. Aus dem Amerikanischen von Elisabeth Piper. 371 Seiten. SP 1934*

»Blume und Nessel« erzählt in Briefen und Tagebuchaufzeichnungen von den Jahren 1936 bis 1939, in denen das Ehepaar Lindbergh in Europa lebte, es ist die persönliche Geschichte zweier junger Amerikaner inmitten der Schönheit und Vielfalt der europäischen Szenerie. »Blume und Nessel« ist Dokument und erzählender Bericht, ein Buch zum tieferen Verständnis der Vorkriegsjahre, ein lebendiges Zeugnis einer von Arbeit und Pflichten geprägten, glücklichen Ehe.

### *Wind an vielen Küsten*

*Aus dem Amerikanischen von Elisabeth Piper. 184 Seiten. SP 653*

Anne Morrow Lindberghs Aufzeichnungen eines Atlantikflugs zeugen von ihrer Sensibilität, ihrer Willenskraft, ihrem Abenteuergeist und von der erstaunlichen Zusammenarbeit des Fliegerehepaars Lindbergh.

### *Muscheln in meiner Hand*

*Eine Antwort auf die Konflikte unseres Daseins. Aus dem Amerikanischen von Maria Wolff. Übertragung der Gedichte von Peter Stadelmayer. 132 Seiten. SP 1425*

## Angela Huth

### *Brombeertage*

*Roman. Aus dem Englischen von Renate Zeschitz.*
*382 Seiten. SP 2607*

England im Kriegsjahr 1941: Drei junge Frauen haben sich als Landmädchen zur Arbeit auf einer abgelegenen Farm verpflichtet. Die Farmerfamilie steht den jungen Städterinnen zunächst skeptisch gegenüber: Mit Mistgabel, Melkeimer und Overall bieten sie ein eher komisches Bild. Doch die unternehmungslustige Prue, die in puncto Männer nichts anbrennen läßt, die ernste Cambridge-Studentin Agatha, die mit dem Farmersohn Joe nicht nur geistigen Gedankenaustausch sucht, und die verträumte, schöne Stella, die nur an ihren Verlobten Philipp denkt, erweisen sich bald als geschickte, zupackende Kräfte. Dabei sorgen allerlei amouröse Verwirrungen um den attraktiven Joe für Spannungen, für Liebe und für Leidenschaft zwischen Kornfeldern und Kuhställen.

### *Das verheiratete Leben*

*Roman. Aus dem Englischen von Renate Zeschitz.*
*348 Seiten. SP 2749*

Einen Tag und eine Nacht dauert die Party der Farthingoes auf ihrem viktorianischen Landsitz in England. Sie ist der gesellschaftliche Höhepunkt der Saison. Die geladenen Ehepaare und Junggsellen, die Söhne und Töchter kennen sich zum Teil flüchtig, zum Teil sehr gut. Für eine Nacht und einen Tag umkreisen sie die Gäste wie die Gestirne am Himmel der Liebe, alte Bindungen werden in Frage gestellt, geheime Lieben gestanden – natürlich alles unter der Norm der englischen Etikette. Angela Huth hat mit typisch britischem Humor einen feinsinnigen und liebenswerten Roman geschrieben, der um die Rituale des Ehelebens kreist und sie vielschichtig beleuchtet. Sie läßt den Leser als schmunzelnden Beobachter teilhaben an den Irrungen und Wirrungen ihrer Protagonisten.

SERIE PIPER

## Anita Shreve

### *Die Frau des Piloten*

*Roman. Aus dem Amerikanischen von Christine Frick-Gerke. 277 Seiten. SP 3049*

Für Kathryn war klar, daß sie zu niemandem auf der Welt ein so inniges, so vertrautes Verhältnis hatte wie zu ihrem Ehemann Jack. Bis zu seinem plötzlichen Unfalltod: denn nun tut sich für sie ein Abgrund an schrecklichen Vermutungen und Gewißheiten auf.
Eigentlich war ihre Ehe glücklich, ja sogar leidenschaftlich gewesen. Ihre Geschichte hatte begonnen in jenem Haus am Meer, mit seinen hohen Fenstern, durch die man den blaugrünen Atlantik sehen kann. Eines Tages hatte Jack ihr dieses Haus tatsächlich geschenkt – als Besiegelung ihrer großen Liebe.
Unfaßbar ist für Kathryn daher die Nachricht seines plötzlichen Todes – Jack, Pilot bei einer großen amerikanischen Fluggesellschaft, ist mit einer vollbesetzten Passagiermaschine vor der irischen Küste abgestürzt. Die Medien munkeln von Selbstmord – aber Kathryn will es einfach nicht glauben. Was könnte ihr Mann vor ihr verborgen haben? Eine rätselhafte Londoner Telefonnummer, die sie in einem seiner Kleidungsstücke findet, weckt einen furchtbaren Verdacht in ihr …

### *Verschlossenes Paradies*

*Roman. Aus dem Amerikanischen von Heinz Nagel. 348 Seiten. SP 2897*

Die Nachbarskinder Andrew und das Adoptivkind Eden verband zuerst eine tiefe Freundschaft und dann innige, fast mystische Liebe. Doch ein entsetzliches Verbrechen, das Eden für immer zeichnete, setzte ihrer unbeschwerten Jugendzeit ein jähes Ende. Siebzehn Jahre später, die beiden haben sich inzwischen aus den Augen verloren, kehrt Andrew an den Ort des Geschehens zurück, eine ländliche Kleinstadt unweit von New York. Und erst jetzt beginnt er, diese unheilvolle, seltsam magische Liebesbeziehung zu entschlüsseln. Als die gespenstische Wahrheit über Edens Vergangenheit zur Gewißheit wird, erkennt Andrew die Gründe seiner Beziehung zu diesem Mädchen aus verlorener Zeit. Ein meisterhaft komponierter, poetischer Roman voll tiefgründiger Spannung.

Anita Shreve

## *Das Gewicht des Wassers*

*Roman. Aus dem Amerikanischen von Mechtild Sandberg.*
*292 Seiten. SP 2840*

»Anita Shreve ist eine clevere Mischung aus schaurigem Kriminalfall und psychologisch ausgefeiltem Beziehungsdrama gelungen.«
Der Spiegel

## *Gefesselt in Seide*

*Roman. Aus dem Amerikanischen von Mechtild Sandberg.*
*344 Seiten. SP 2855*

Maureen, die junge Journalistin, lebt mit ihrem Mann Harrold und ihrem kleinen Töchterchen Caroline in einer trügerischen Idylle. Denn niemand ahnt, wieviel Gewalt und Mißhandlung Maureen von ihrem Mann ertragen muß. Und sie schweigt, vertraut sich niemandem an, entschuldigt seine Handlungen vor sich selbst. Erst nach Jahren flieht sie vor ihm. Für eine kurze Zeit findet sie in einem kleinen Fischerdorf Unterstützung, Zuneigung und Liebe. Aber Harrold spürt sie auf, und die Tragödie nimmt ihren Lauf.

## *Eine gefangene Liebe*

*Roman. Aus dem Amerikanischen von Mechtild Sandberg.*
*253 Seiten. SP 2854*

Durch Zufall stößt Charles Callahan in der Zeitung auf das Foto einer Frau, die ihm seltsam bekannt vorkommt. Es ist Siân Richards, die er vor einunddreißig Jahren als Vierzehnjähriger bei einem Sommercamp kennengelernt hatte und die seine große Sehnsucht blieb. Überwältigt von den Erinnerungen schreibt er ihr und bittet um ein Treffen. Auch für Siân war die Geschichte mit Charles nie beendet, sehr zart sind die Bilder der Vergangenheit, sehr heftig das Verlangen. Und aus der unerfüllten Liebe von einst wird eine leidenschaftliche Affäre. Aber beide sind inzwischen verheiratet, haben Kinder und leben in verschiedenen Welten. Sie geraten in einen Strudel von Ereignissen, die unaufhaltsam auf einen dramatischen Höhepunkt zusteuern.

PIPER ORIGINAL

**Anita Shreve**

***Im Herzen des Winters***

Roman. Aus dem Amerikanischen von Mechtild Sandberg.
280 Seiten. Klappenbroschur

Dezember 1943: Die junge Widerstandskämpferin Claire versteckt den schwerverletzten amerikanischen Piloten Ted auf dem Dachboden ihres Bauernhauses. Als die Deutschen das kleine belgische Dorf umstellen, muß Claires Mann fliehen. Sie selbst bleibt zurück, um Ted zu pflegen. Völlig isoliert von dem dramatischen Geschehen um sie herum entbrennt zwischen den beiden eine ungekannte Leidenschaft. Doch neugierige Nachbarn, Spitzel der Gestapo und der eifersüchtige Ehemann machen ihre Liebe zu einem gefährlichen Geheimnis. Ein meisterhafter psychologischer Roman über eine Liebe jenseits aller Konventionen.